KB121456

로크미디어가
유혹하는
재미있는 세상

ROK
MEDIA
로크미디어

퇴마하는 톱스타 1

2023년 2월 7일 초판 1쇄 인쇄
2023년 2월 10일 초판 1쇄 발행

지은이 이상한하루
발행인 강준규

기획 이기헌 왕소현 박경무 강민구 조익현
책임편집 김홍식
마케팅지원 이원선

발행처 (주)로크미디어
출판등록 2003년 3월 24일
주소 서울시 마포구 마포대로 45 일진빌딩 6층
Tel (02)3273-5135 Fax (02)3273-5134
홈페이지 rokmedia.com E-mail rokmedia@empas.com

값 9,000원

ISBN 979-11-408-0702-4 (1권)
ISBN 979-11-408-0693-5 04810 (세트)

이상한하루 현대 판타지 장편소설

1

CONTENTS

성능력을 전수받다

세상에는 두 부류의 인간이 있다.

금수저 집안에서 태어나 뭘 해도 되는 인간.

흙수저 집안에서 태어나 뭘 해도 안되는 지지리도 복 없는
인간.

이제 스물네 살인 장태수는 확실한 후자에 속했다

한 살 때 아버지가 사고로 돌아가신 건 시작에 불과했다.
이후 아버지의 사업체는 동업자의 농간에 경매로 넘어가고
집안은 빚더미.

고등학교 2학년 때는 옆집에 불이 나서 태수 엄마가 평생
떡볶이 장사를 하며 장만한 가게가 잿더미로 변했다.

하지만 태수네는 아무런 보상도 받지 못했다. 옆집 남자가

사채 빚을 갚지 못해 홧김에 불을 질렀기 때문이다.

자살을 할 거면 번개탄도 있고 목을 매는 방법도 있다. 세상에 어떤 미친놈이 자살하는데 불을 질러서 자신을 화형시키냐고.

덕분에 태수네 집은 갈 곳이 없어 거의 반년 동안 찜질방을 전전했다.

엄마는 식당에서 일했지만 그것만으로는 생활비가 부족했다. 누군가는 엄마를 도와서 생활비를 벌어야 했다.

태수네 집은 3남매다.

여동생 혜령과 경호 형 그리고 태수. 혜령은 여자라서 안 되고 형은 전교 1등이라서 안 되고.

결국 태수가 고2 때 학교를 그만두고 알바 전선에 뛰어들었다.

태수의 삶은 그렇게 닳아빠진 운동화처럼 힘겹고 고단했다.

살면서 한 번도 남들의 주목을 받지 못했고 원하는 삶을 살아 보지 못했다. 밤에 자리에 누우면 밑도 끝도 없이 주르륵 눈물이 나곤 했다.

하지만 태수는 결코 꿈을 포기하지 않았다. 포기라는 단어는 배추를 셀 때나 쓰는 말이라는 걸 스스로 되뇌며 이를 악물었다.

태수는 누구한테나 인생에서 세 번의 기회는 찾아온다는

말을 굳게 믿었다.

태수가 소설을 쓰기 시작한 계기는 우연히 읽게 된 어느 베스트셀러 작가의 인터뷰 때문이다.

기자가 작가한테 물었다. 어떤 사람이 베스트셀러 작가가 될 수 있냐고.

작가가 대답했다.

시련을 많이 겪어서 세상에 하고 싶은 이야기가 많은 사람 이라고.

그렇다면 태수는 베스트셀러 작가가 될 수 있는 완벽한 조건을 갖춘 셈이다. 겪은 시련과 하고 싶은 얘기가 차고 넘치니까.

이전에도 소설 쓰는 걸 좋아했지만 그 인터뷰를 본 후에는 확신이 생겼다. 내가 갈 길은 글을 쓰는 일이라고.

아이에게 동화책 사 줄 돈이 없어서 직접 글을 써서 읽어 줬다는 영국의 작가, 조앤 롤링. 그녀가 아들을 위해 쓴 소설이 해리 포터 시리즈였다.

태수도 알바를 끝내고 집에 오면 밤잠을 줄여 가며 소설을 썼다. 특히 미스터리를 좋아해서 쓰는 장르도 미스터리 소설.

처음부터 끝까지 심장을 졸이게 만드는 긴장감 하며 마지막에 생각지도 못한 반전이 있는 미스터리의 매력은 그 무엇과도 비교할 수 없는 짜릿한 쾌감을 줬다.

자신이 쓴 소설이 누군가의 심장을 쥐락펴락할 수 있다면 얼마나 짜릿할까. 그렇게만 된다면 돈도, 명예도 자연스럽게 쫓아올 것이다.

하지만 현실은 늘 생각처럼 흘러가지 않는 법.

글이 완성되어 출판사에 투고하면 매번 거절당했다.

누군가에게 글을 배우거나 모니터를 받아 본 적이 없어서 부족한 게 뭔지도 알 수가 없었다.

손님이 뜸한 시각 치킨 가게.

장태수는 오늘도 테이블 구석에서 현재 쓰고 있는 소설 구상을 하고 있었다.

"사람이 죽었는데 범인이 외부에서 침입한 흔적이 없으니까 밀실 살인 트릭으로 설정을 잡으면……."

주방에서 엄마가 소리쳤다.

"태수야! 하늘아파트 302동 206호 배달 가라니까 뭐 하고 있어? 빨리 다녀와, 배달 밀렸어!"

순간 머릿속에 있던 구상들이 한꺼번에 와르르 날아갔다.

'아, 진짜 조금만 있다가 시키지.'

태수가 조금 전 머릿속에 있던 기억을 떠올리려는데 또다시 들려오는 엄마의 외침.

"뭐 해? 얼른 다녀오라니까! 오늘 제일 바쁜 주말인 거 몰라?"

"알았어, 알았다고."

일어서는 태수에게 이번에는 여동생 혜령이 치킨 박스를 내밀었다.

"이건 영진빌라 102동 203호. 가는 길에 같이 배달해 줘."

태수는 치킨 박스 두 개를 받아 들고 터덜터덜 밖으로 걸어 나갔다.

8층짜리 상가 건물 1층에 자리한 경호네치킨.

치킨 가게 이름을 볼 때마다 짜증이 났다.

죽어라 일하는 건 자신인데 왜 간판을 형 이름으로 했냐고. 형은 늘 공부한다는 핑계로 일손 한 번 도운 적이 없는데. 부잣집 형수하고 결혼한 후로는 아예 코빼기도 보이질 않고.

치킨 박스를 받아서 스쿠터를 몰고 가다 보니 문득 작년에 학교 다니던 시절이 그리웠다.

집안 형편이 어려워 고등학교를 자퇴했던 태수는 작년에 검정고시로 드림실용예술전문대학 문창과에 들어갔다.

서울 외곽에 새로 생긴 대학인데 문창과, 연극영화학과, 웹툰학과, 실용음악학과 같은 실용예술학과들이 주로 모인 대학교였다.

원서만 넣으면 들어가는 대학이지만 검정고시 출신인 태수에겐 그 어떤 명문 대학보다 소중한 모교였다.

비록 경제적인 이유로 도중에 휴학했지만, 동생들과 캠퍼스 잔디밭에 앉아 소설 합평을 하던 추억은 태수가 살아온 그 어떤 시절보다 행복한 시간이었다.

'앞으로 다시 학교 다닐 수 있는 날이 있을까? 갑자기 집안 형편이 확 좋아지지 않는 이상 복학할 수 있는 가능성은 거의 희박할 테지.'

빌라에 치킨 배달을 마치고 내려오는데 휴대폰이 울렸다. 학교 다닐 때 제일 친했던 동생인 용만의 전화였다.

"어, 용만아, 오랜만이다."

ㅡ형, 뭐 해?

"뭐 하긴, 치킨 배달 중이지."

ㅡ쿡쿡.

"웃지 마, 인마."

ㅡ오랜만에 술이나 한잔할까?

경호네치킨이 있는 상가 건물 옥상의 옥탑방.

어려운 형편 때문에 엄마하고 혜령은 1층 치킨 가게에 딸려 있는 단칸방에서 살고 태수는 같은 건물 옥탑방에서 생활한다.

태수에겐 그나마 이 옥탑방이 삶의 답답함을 견딜 수 있는 탈출구였다.

밤에 옥상에서 내려다보는 야경은 특급 호텔도 부럽지 않을 만큼 아름다웠다.

태수는 옥상 평상에서 용만과 술잔을 기울였다.

불판 위에서는 삼겹살이 지글지글 맛있게 익어 가고 있고.

소주를 들이켠 용만이 야경을 내려다보며 감탄사를 뱉어 냈다.

"카하, 죽인다! 형, 아무리 봐도 여기 뷰 하나는 끝장이다."

"그치? 죽이지? 펜트하우스가 뭐 별거냐?"

"아, 맞아. 펜트하우스."

용만이 고기에 쌈장을 피처링해서 입이 터질 것처럼 집어넣고 씹으며 엄지 척을 했다.

학교 다닐 때 용만은 태수를 친형처럼 따랐다. 태수가 휴학할 때 가장 아쉬워했던 사람도 용만이었고.

"요즘 학교 분위기는 어떠냐?"

"맨날 똑같지, 뭐. 다들 적당히 시간 때우다가 졸업장이나 따자는 분위기 있잖아."

"여전한가 보네."

말 안 해도 알 것 같았다.

태수가 휴학한 이유도 직접적인 원인은 경제적인 어려움이었지만, 패배 의식만 가득한 학교 분위기도 한몫했다.

"형이 휴학하니까 진짜 학교 다닐 맛 안 나더라. 우리 미스터리클럽도 1학년 때는 형이 중심을 딱 잡아 줘서 다들 뭔가 해 보자는 의욕이 있었는데, 지금은 다들 자포자기 분위기야."

미스터리클럽은 태수가 학교에 입학해서 만든 모임이다. 문창과에서 영상에 관심 있는 사람들이 함께 모여서 미스터리 소설도 쓰고 그 소설을 원작으로 영화도 만들어 보자는 취재로 모인 여섯 명의 멤버들.

그나마 드림대학에서는 가장 의욕과 열정이 넘치는 친구들이 모였지만, 제대로 끌어 주는 리더가 없으니 성장을 못 했다.

용만이 안타까운 듯 목청을 높였다.

"솔직히 말해서 우리 학교 학생들 자질이 부족한 건 사실이잖아. 그럼 교수들이라도 열정을 가지고 지도를 해 줘야 하는데, 다들 대충대충 하면서 월급만 챙기는 분위기라."

"교수들한테 뭘 바라는 것도 무리지. 다들 자기 짤릴까 봐 재단 눈치만 보는 것 같던데."

"하긴, 뭐 교수들 입장에서도 학생들 자질이 워낙 떨어지니까 의욕이 안 나긴 할 거야."

용만이 소주를 입안에 털어 넣고 인상을 찡그렸다.

"크으, 그래도 우리 미스터리클럽에서 만든 작품이 전국대학생영화제 예선은 통과했잖아."

그나마 태수가 가장 뿌듯하게 생각하는 일이다.

전국대학생영화제는 말 그대로 대학생들의 영화제다. 영화제의 수준도 높고 그 영화제를 통해서 배출된 유명 감독들도 꽤 많이 있다.

태수의 중학교 단짝 친구이던 명호도 그중 한 명이고.

용만이 고기와 김치를 두툼하게 싸서 입에 넣고 씹으며 물었다.

"근데 형은 앞으로도 복학 안 하고 치킨 배달 계속할 거야?"

"복학하면 뭐 하냐?"

"그럼 소설이나 시나리오는 이제 안 쓰는 거야?"

"쓰긴 쓰는데 발전이 없으니까. 재능이 있는지도 모르겠고. 이제 그만둬야 하나 싶다."

취기가 오른 용만이 혀 꼬부라지는 소리로 말했다.

"나도 학교 그만두고⋯⋯ 끄억⋯⋯ 여기 와서 형하고⋯⋯ 같이 살까?"

"너라면 언제나 환영이지. 원하면 언제든 와. 방세 안 받을 테니까."

＊

"조심해서 들어가!"

용만을 택시에 태워 보내고 태수도 비틀비틀 걸으며 집으로 돌아올 때였다.

인적이 뜸한 새벽 시간.

어두컴컴한 빌딩 공사장 안쪽에서 이상한 소리가 들려왔다.

'뭐지?'

공사장 안을 들여다보니 머리가 희끗한 어떤 노인이 보였다.

노인은 허공을 향해 춤을 추는 것 같은 이상한 동작을 했고 이상한 소리를 중얼거렸다.

"스타타가 토스니삼…… 시타타파트람 아파라지탐……."

살짝 정신이 이상한 노인 같기도 하고 무슨 공연 연습을 하는 것 같기도 하고.

태수가 돌아서려는 순간 갑자기 온몸에 소름이 돋더니 놀라운 일이 벌어졌다.

어디선가 돌풍처럼 보이는 검은 기운이 나타나 노인을 휘감았다.

"으악!"

검은 기운이 노인을 휘감아 집어 던지는 것처럼 날려 버렸다.

노인의 몸이 4~5미터쯤 허공을 날아가서 벽에 세게 부딪친 후 쓰러졌다.

쿵.

검은 기운이 쓰러진 노인의 주위를 맴돌더니 스르르 사라졌다.

태수는 숨도 제대로 못 쉰 채 숨어서 그 모든 광경을 지켜봤다. 순식간에 술기운이 확 달아났다.

'죽은 건가?'

다가가서 살펴보고 싶은데 다리가 후들거려서 가까이 갈 용기가 나지 않았다.

그때 죽은 줄 알았던 노인이 태수를 봤는지 힘겹게 중얼거렸다.

"나 좀…… 도와주시오."

태수가 황급히 다가가서는 노인 옆에 주저앉았다.

"어르신, 어딜 다치셨습니까?"

노인이 쓰러진 채로 태수의 손을 덥석 잡았다. 마음을 들여다보는 것 같은 노인의 깊은 눈길이 태수를 넌지시 바라봤다.

"……?"

"나는 지금 어느 때보다 정신이 맑다네. 어디 보자……."

노인이 태수의 눈을 가만히 올려다봤다. 노인의 눈은 그야말로 잔잔한 호수처럼 투명하고 맑았다.

노인이 희미하게 웃으며 말했다.

"자네를 만나서 다행이네. 그렇지 않았으면 내 영능력을 전수하지도 못하고 악귀에게 당해 이 세상을 떠났을 텐데."

"예? 그게 무슨 소리예요? 영능력요? 악귀요?"

노인이 대답 대신 묘한 웃음을 지었다.

횡설수설하는 게 아무래도 제정신이 아닌 것 같아서 119에 전화를 하려고 하는데 노인이 말했다.

"쓸데없는 짓 하지 말게. 어차피 잠시 후면 다시 만나게 될 테니."

"예?"

태수를 바라보는 노인의 눈에서 생기가 빠르게 사라지고 있었다.

"어르신, 정신 차리십시오! 어르신!"

순간 노인의 손을 통해 뭔가가 태수의 몸 안으로 흘러 들어왔다.

한기처럼 서늘한 이상한 기운이었다.

"헉!"

태수가 정신을 차렸을 때는 노인이 기묘한 미소를 머금은 채 숨을 거둔 후였다.

놀란 태수가 휴대폰으로 119에 신고를 했다.

불과 10여 분 만에 구급차와 순찰차가 함께 출동했다. 출동한 119 대원과 경찰이 이런저런 질문을 던졌다.

태수는 보고 들은 대로, 아니 노인이 한 이상한 말은 빼고 모든 상황을 그대로 전했다. 태수는 경찰에게 연락처를 남기고 집으로 돌아왔다.

옥탑방에 들어서자마자 피로가 밀려와 옷도 벗지 않고 침대에 쓰러져 누웠다.

잠을 자려고 하는데 갑자기 조금 전 만났던 노인의 얼굴이 불쑥 생각이 났다.

'참으로 묘한 노인네야.'

노인이 남긴 마지막 말이 이상할 정도로 뇌리에 또렷하게 각인되어 남아 있었다.

─자네를 만나서 다행이네. 그렇지 않았으면 내 영능력을 전수하지도 못하고 악귀에게 당해 이 세상을 떠났을 텐데.

노인의 말을 떠올리자 노인의 손을 통해 넘어왔던 정체 모를 서늘한 기운이 몸 안 어딘가에서 꿈틀거리는 기분이 들었다.

'아이 씨, 뭐야 이 느낌은? 찜찜하게.'

순간 현기증이 몰려오며 알림과 함께 허공에 이상한 창이 나타났다.

─띠링.

"뭐야, 저게?"

허공에 떠오르는 메시지들.

칠성문 32대 퇴마사 박두칠과 동기화에 성공했습니다!
박두칠의 영능력을 전수받았습니다.
당신은 이제 칠성문 퇴마사의 업을 이어받았습니다.

"엥? 웬 퇴마사?"

"칠성문은 또 뭐야?"

"박두칠과 동기화에 성공했다고? 박두칠이 누군데?"

예전에 퇴마 소설을 엄청 좋아하긴 했지만 지금 허공에 떠 있는 글자들은 도통 이해할 수가 없는 말들이었다.

게다가 아닌 밤중에 홍두깨도 아니고 웬 글자들이 허공에 둥둥 떠 있을 수가 있단 말인가. 허공에 문자들을 노려보던 태수가 갑자기 낄낄거렸다.

"술 처먹고 이런 개꿈이나 꾸고. 으이그, 한심한 놈아. 크 윽."

근데 묘하게도 꿈치고는 모든 것들이 너무 생생하고 또렷했다. 용만과 술을 그렇게 많이 마신 것도 아닌데 이런 헛것들이 보인다는 것도 이상하고.

태수는 손으로 자신의 볼을 힘껏 꼬집었다.

"아야!"

잠이 번쩍 깰 정도로 볼이 아팠지만 꿈은 깨질 않았다. 허공에 글자들도 사라지지 않고 그대로.

"뭐야? 꿈이 아닌 거야? 설마."

그때 어디선가 목소리가 들려왔다.

―꿈은 무슨 꿈? 꿈이 아니야!

"헉!"

태수가 놀라서 주변을 두리번거렸다.

"누구세요?"

아무리 둘러봐도 방 안에 사람의 모습은 보이지 않았다.

"대체 어디서 소리가 난 거지? 내가 귀신한테 홀린 건가?"

그때 다시 소리가 들려왔다.

―여기야, 여기.

"여, 여기라니요?"

―자네 머릿속.

"뭐? 내 머릿속이라고?"

태수가 벌떡 일어나 거울 앞으로 달려갔다. 거울을 들여다
보는데 머릿속에서 목소리가 들려왔다.

―그런다고 내가 보이겠나?

목소리의 말처럼 거울 속엔 태수 자신의 얼굴만 보였다.
게다가 목소리는 자신의 머릿속에서 들려오고 있었다.

"헐, 내가 미친 건가? 허공에 글자가 나타나고 머릿속에선
목소리가 들려오고."

태수가 양손으로 자신의 뺨을 찰싹 때리는데 목소리가 말
했다.

―내 이름은 박두칠이네. 난 칠성문이라는 퇴마사 가문의 영

능력 전수자라네.

"영능력요?"

－영능력 전수자 정보라고 말해 보게.

"영능력 전수자 정보?"

말이 끝나자마자 알림음과 함께 허공에 글자들이 나타났다.

영능력 전수자 정보

성명 : 장태수
나이 : 24세
보유 영능력 : 영혼탐색 / 영혼흡수 / 사이코메트리
특이 사항 : 칠성문 32대 퇴마사 박두칠의 영능력을 전수받은 자

게임의 상태 창 같은 글자들.

평소 태수가 들어가는 넷피아의 판타지 소설에서나 일어나던 일이 현실에서, 그것도 자신에게 일어나고 있었다.

"칠성문 32대 퇴마사 박두칠의 영능력을 전수받은 자라고? 내가?"

목소리가 말했다.

－그래. 자네가 내가 가진 영능력을 전수받았다는 소리야.

"말도 안 돼. 난 아무것도 안 했는데 뭘 전수받았다는 거야? 그리고 지금 내 머릿속에서 떠들어 대는 당신은 누구야?"

그때 문득 떠오르는 일이 있었다. 골목에서 죽어 가던 노

인과 있었던 일들.

"설마?"

그러고 보니 노인이 죽어 가면서 영능력 어쩌고 떠들었던 것 같다.

태수는 자신의 생각이 맞는지 확인하기 위해 물었다.

"혹시 지금 말씀하시는 분은 아까 골목에서 만났던 그 어르신입니까?"

—그렇다네. 내가 그 노인일세.

"헐."

막연히 예상은 했지만 막상 사실로 드러나자 소름이 쫙 끼쳤다.

분명히 노인은 눈앞에서 죽었다. 그런 노인이 자신의 몸 안에 들어와 있다니, 기절초풍할 일이 아닌가.

그런 태수를 진정시키려는 듯 노인이 차분하게 말했다.

—너무 놀라지 말고 내 말을 잘 듣게. 내가 수명이 다하는 순간에 자네가 나타나서 내 영능력들을 자네한테 전수할 수 있었던 걸세. 좋은 일이니까 겁먹지 말아.

'좋은 일이라고? 그걸 어떻게 믿어?'

평생 불운의 아이콘으로 살아온 태수이기에 이유 없이 좋은 일이 생기는 건 믿질 못했다. 불운이라면 너무도 익숙하지만 좋은 일은 태수에게 기적에 가깝다.

'근데 뭐지? 이 모든 것들이?'

영능력을 전수해 줬다고 문자가 뜨고 노인도 비슷한 말을 지껄이는데 정작 자신은 아무것도 받은 기억이 없다.

'무슨 영능력을 전수받았다는 거야? 그리고 영능력이 대체 뭐야?'

노인이 말을 이어 갔다.

—자네는 운이 좋아. 마침 내가 숨을 거둘 때 옆에 있어서.

노인이 운이 좋다고 할수록 태수의 마음엔 불신만 쌓여 갔다.

오랜 경험에서 오는 불길한 예감이 스멀거리며 온몸을 휘감고 있었던 것이다.

"대체 뭐가 운이 좋다는 겁니까?"

—허공에 떠 있는 글자들을 보게. 영능력 정보라고 되어 있는 항목.

태수는 노인의 말대로 허공에 떠 있는 이상한 글자들을 바라봤다.

—보유 영능력이라고 보이나?

보유 영능력이라고 되어 있는 항목에는 세 가지 세부 항목이 있었다.

"영혼탐색, 영혼흡수, 사이코메트리라고 적힌 것들요?"

—그렇지.

"저것들이 뭔데요?"

노인이 설명을 시작했다.

─자네는 내가 가지고 있던 그 세 가지 영능력을 전수받은 게야. 내가 하나씩 설명을 해 주겠네. 먼저 영혼탐색은 한을 품고 떠돌아다니는 영혼을 찾아내는 능력일세.

"영혼을 왜 찾는데요?"

─한을 풀어 주려고.

예상은 했지만 막상 대답을 들으니 짜증이 났다. 그 말은 곧 귀신을 찾아내서 원한을 풀어 주라는 말이 아닌가.

'그렇지. 그게 원래 퇴마사가 하는 일이지. 소설이나 만화책에도 죄다 그렇게 적혀 있더군.'

그러고 보니 노인도 칠성문의 퇴마사라고 했다.

길을 가다 보면 인상이 좋아 보인다며 친절하게 말을 거는 사람들이 있다. 괜히 귀가 솔깃해져서 한참 설명을 듣다 보면 결국 '도를 믿으십니까?'라며 사이비 종교를 믿으라고 하는 사람들.

근데 지금 노인한테서도 그 사람들한테서 느껴지는, 붙잡힌 예감이 들었다.

태수가 단호하게 말했다.

"됐어요. 지금 당장 먹고살기도 힘든데 한가하게 귀신들을 찾아서 한이나 풀어 주라고요? 저 그런 거 할 시간 없습니다. 그러니까 그런 쓸데없는 소리 할 거면 얼른 제 몸에서 나가세요."

─공짜로 하라는 얘기가 아닐세.

'뭐라? 공짜가 아니라고?'

순간 흠칫하고 동공이 흔들렸다.

태수가 닫았던 마음의 문을 다시 살짝 열고 노인의 다음 얘기를 기다렸다.

노인이 계속 말을 이어 갔다.

─영혼의 한을 풀어 주면 보상이 주어진다네.

이건 또 무슨 귀신 씻나락 까먹는 소린가. 영혼의 원한을 풀어 주면 보상이 주어진다니.

뭔지는 모르지만 공짜가 아니라 보상이 주어진다고 하니 비로소 흥미가 생겼다.

"보상이라면 어떤 보상을 말하는 겁니까?"

노인이 차분하게 설명을 시작했다.

─영혼탐색이라는 영능력은 단순히 모든 영혼을 찾아내는 게 아닐세. 영혼탐색으로 찾아낸 영혼은 한이 많아서 승천을 못 하는 영혼들이야. 그런 영혼 중에서도 자신의 한을 풀어 준 사람에게 보상을 줄 수 있는 영혼만 찾아낸다네.

"그러니까 그 보상이 뭐냐는 거죠?"

─일테면 돈이라든가, 특별한 능력 같은 거지.

돈이라는 소리에 태수의 눈이 이전보다 커졌다.

"귀신이 돈을 준다고요?"

─그렇다네.

"에이, 말이 되는 소리를 하셔야지. 귀신이 어떻게 돈을 준다는 겁니까?"

태수의 추궁에도 노인은 아랑곳 않고 태연하게 말했다.

–그건 자네가 직접 영혼탐색으로 영혼을 찾은 후에 얘기를 나눠 보면 알 수 있을 걸세.

가끔 소설이나 영화에 보면 귀신이 고맙다고 인사하는 경우는 봤다. 하지만 대가로 돈을 주는 경우는 보지 못했다.

만약 그렇다면 그게 사람이지 귀신인가.

어쨌든 영혼탐색이라는 영능력은 귀신을 찾아내는 능력이다. 그렇게 찾아낸 귀신들은 한을 품고 있고, 그 한을 풀어주면 돈 같은 걸로 보상을 해 준다는 얘기.

"괜히 어르신 말 듣고 따라 했다가 무시무시한 귀신들이 한꺼번에 눈앞에 나타나는 거 아닙니까? 퇴마 소설 같은 거보면 시도 때도 없이 귀신들이 나타나서 퇴마사 괴롭히곤 하던데."

–그랬으면 지금도 영혼이 눈에 보였겠지. 보통의 영혼들은 지금 자네 주위에도 수도 없이 많아. 다시 말하지만 영혼탐색으로 찾아내는 영혼은 한이 많아서 승천을 못 하는 영혼들 중에 보상을 준비하고 있는 영혼들만 찾아 준다니까. 단, 예외는 있지.

"예외요? 그게 뭔데요?"

–막 죽은 영혼. 일테면 바로 자네 앞에서 사고가 나서 누군가 죽었다면, 그 영혼은 영혼탐색으로 만나 볼 수가 있다네.

얘기를 들어 보니 거짓은 아닌 것 같고. 어쨌든 영혼이 해를 끼치는 게 아니라 한을 풀어 주면 보상을 준다는 게 핵심이다.

보상이라는 말을 들으니 왠지 해 보고 싶은 마음이 들었다.

"알겠습니다. 그럼 뭘 어떡하면 되는 겁니까?"

─일단은 영혼을 찾아야만 하니까 영혼탐색이라고 주문을 외워 보게.

태수가 숨을 들이마시고 심호흡을 했다. 막상 주문을 외우려니 긴장이 됐다. 어쨌든 귀신을 만난다는 소리가 아닌가.

"영혼탐색."

말을 내뱉자마자 허공에 내비게이션처럼 지도가 좌악 펼쳐졌다.

"헉, 이게 다 뭐야?"

가만 보니 익숙한 지명들이 가득한 이 근방의 지도였다.

태수가 사는 동네인 길동이 중심인 지도.

지도는 동네를 기준으로 사방 10킬로미터에 이르는 지역을 보여 주고 있었다.

배달을 한 덕분에 어디가 어딘지 지역을 훤히 알 수가 있었다.

얼굴을 가까이 가져가면 축척이 저절로 확대가 되고 얼굴이 멀어지면 자동으로 줄어든다.

지도에 거리 뷰 기능처럼 건물의 외형은 물론 현재 지나다니는 사람들까지 실시간으로 선명하게 보이는 지도였다.

'이걸로 귀신을 찾는 건가? 이야, 이거 정교하네. 이런 지도 만들 수 있으면 대박이겠는데.'

귀신 찾을 때뿐만 아니라 다른 용도에 써먹어도 좋을 것 같다는 생각이 들었다.

이어서 허공에 문자들이 나타났다.

주변 10킬로미터 이내의 영혼을 탐색합니다.

마치 레이더처럼 푸른 기운이 지도를 훑고 지나갔다. 지도 안에 붉은 점 한 개가 나타나 깜빡거리는 모습이 보였다. 이어서 나타난 문자들.

붉은 점이 깜빡이는 곳에 영혼이 있습니다.

영혼이 보상을 준비하고 있습니다. 영혼의 한을 풀어 주면 보상을 얻을 수가 있습니다.

"헐, 정말로 저게 영혼이란 말이야?"

붉은 점 아래에는 다음과 같은 글자가 나타났다.

박형식(남, 47세)
사망 후 경과일 : 5일. 새벽 2시 25분. 길동역 앞에서 뺑소니 교통사고로
사망
보상 : 금전

가만 보니 허공의 글자들은 영혼이 언제, 어디서, 어떻게 죽었는지에 대한 간략한 기록들이다.

역시 가장 궁금한 건 맨 마지막에 보상이라는 항목.

'보상이 금전이라면 돈을 준다는 소리겠지?'

이런 건 정확하게 짚고 넘어가는 게 중요하다.

"저 영혼의 한을 풀어 주면 보상으로 얼마를 줄까요?"

－그걸 내가 어떻게 알겠나? 그건 복불복이야. 자네 운에 달린 거지.

운에 맡긴다는 소리에 순간 욕지기가 튀어나올 뻔했다.

태수는 지금껏 운이라는 것하고는 철저하게 담을 쌓고 살아온 사람이니까.

태수는 눈을 둥그렇게 뜨고 허공에 떠 있는 글자들을 뚫어지게 바라봤다. 역시 금전이라는 단어에서 눈을 떼기가 힘들었다.

태수는 지난달에 노트북을 새로 바꿨다. 부팅에만 5분 이상 걸리는 7년 동안 쓴 노트북을 버리고 사양 빵빵한 새 노트북으로 바꾼 것.

이전 노트북을 계속 쓰다간 부팅 기다리다가 암에 걸릴 것 같았던 것이다.

덕분에 이번 달에는 수중에 돈이 10만 원도 남지 않았다.

그렇잖아도 엄마한테 잔소리 들으며 가불을 해 달라고 해야 하나 고민이 많았다.

퇴마하는 톱스타

보상이라는 게 어느 정도의 돈을 말하는 건지 몰라 찜찜하긴 하지만 최소 몇만 원 수준은 되지 않을까? 요즘엔 시급도 올랐는데 기껏 고생만 하고 남는 게 없으면 정말로 짜증이 날 것 같았다.

태수는 지도상에서 영혼이 있는 위치를 살폈다.

허공에 떠 있는 지도에 얼굴을 바싹 들이대자 지도가 확대되며 주변 건물들이 보였다.

박형식의 영혼이 있는 곳은 길동역 인근 도로.

"그럼 일단 영혼을 만나서 원한이 뭔지 들어 보고 한을 풀어 주도록 하겠습니다."

노인이 반갑게 말했다.

－잘 생각했네. 좋은 일도 하고 보상도 얻으면 좋지. 그리고 다른 영혼과 접속했을 때는 나하고는 교감할 수가 없네. 자네의 영혼은 하나의 영혼하고만 교감할 수가 있어.

노인이 지켜보지 않는다고 생각하니 살짝 불안한 마음이 들긴 했지만 어쩔 수가 없다.

－그리고 앞으로 나하고 얘기할 때는 그렇게 소리를 내서 말할 필요가 없네. 속으로 말을 해도 다 들리니까.

'이렇게요?'

－그렇지.

태수 입장에서도 그편이 훨씬 편했다. 다른 사람들이 있는 곳에서 혼자 중얼거리면 미친놈 취급받기 딱 좋을 테니까.

태수는 곧바로 집을 나섰다. 치킨집 앞에 세워 놓은 스쿠터를 타고 길동역으로 향했다.

불과 5분 사이에 길동역에 도착했다.

경호네치킨이라고 적힌 배달용 스쿠터가 살짝 창피하긴 했지만 밤 12시가 다 되어 가는 시간이라 다행히 길거리엔 사람들이 보이질 않았다.

태수가 주변을 두리번거렸다. 지금까지 영혼을 한 번도 본 적이 없기 때문에 어떻게 찾아야 할지도 막막했다.

'어르신! 영감님?'

영혼이 어떻게 생겼는지 물어보려고 노인을 불렀지만 대답이 없었다.

주변엔 술에 취해서 흐느적거리는 취객이 한 명 보였고 태수 또래로 보이는 연인 한 쌍이 골목 입구에서 서로 끌어안고 진한 키스를 나누는 장면이 보였다.

'저런 건 좀 실내에 들어가서 하면 안 되나? 누군 데이트하고 누군 귀신 찾으러 다니고. 인생 정말 불공평하네. 가만있자, 길동역 부근이면 이 근처인데 대체 귀신이 어디에 있다는 거야?'

태수가 주변을 살피며 중얼거렸다.

"영혼탐색."

그러자 다시 허공에 내비게이션 같은 지도가 나타났다. 붉은 점이 깜짝이고 있었는데 길동역 2번 출구 근처였다.

'2번 출구 근처면 바로 여긴데?'

그때 목덜미에 서늘한 한기가 느껴졌다.

"헉."

화들짝 놀라며 목을 움츠렸다.

―띠링.

방금 귀기를 접촉했습니다.

영을 볼 수 있는 영안(靈眼)과 목소리를 들을 수 있는 영언(靈言)을 획득했습니다.

허공에 계속 문자들이 떠올랐다.

박형식의 영혼과 교감을 시도합니다.

접속이 진행 중입니다.

박형식의 영혼이 응답했습니다.

박형식의 영혼을 소환 중입니다.

눈앞 공기가 흔들리더니 흐릿하게 영혼이 모습을 드러냈다.

―당신이 날 불렀소?

"헉."

잔뜩 겁을 먹고 기다렸는데 눈앞에 나타난 남자는 사람과

다를 바가 없었다. 몸이 약간 투명하고 흐물흐물하며 표정이
별로 없다는 것만 빼면.

"박형식 씨?"

영혼이 놀라는 표정을 지으며 되물었다.

　─당신은 내가 보입니까?

정말로 영혼을 볼 수가 있을 뿐만 아니라 말도 할 수 있다
니. 노인한테 남아 있던 일말의 의구심이 눈송이처럼 스르르
녹아서 없어졌다.

"예, 아주 잘 보입니다."

영혼에게 살짝 흥분한 표정이 떠올랐다. 영혼한테 사람처
럼 이런저런 근황을 물어 가며 얘기를 나누는 것도 웃기고,
바로 본론으로 들어갔다.

"제가 당신의 원한을 풀어 드리겠습니다."

영혼이 반가운 얼굴로 말했다.

　─그게 정말입니까?

"일단 원한이 뭔지 들어 볼까요?"

박형식이 자신의 사연을 털어놓았다.

박형식은 아내와 중학교에 다니는 딸을 가진 집안의 가장
이었다. 회사에서 회식을 하고 새벽에 길동역 횡단보도를 건
너는데, 신호를 무시하고 달려온 차가 자신을 치고 달아났다
고 했다.

"그럼 그 차의 번호는 기억하세요?"

－그럼요. 파란색 BMW였고 차번호는 857○였습니다. 그 뺑소니 차량을 잡아야만 제 아내와 딸이 보상을 받을 수가 있습니다.

그런 사고를 당해서 죽었다면 자신 같아도 분해서 이승을 떠나지 못했을 것 같았다.

"그럼 그 뺑소니 차량 번호만 아내 되시는 분한테 알려 주면 한이 풀리시는 겁니까?"

－그렇습니다.

생각보다 간단한 일인데 남자와 남자의 가족에겐 대단히 중요한 일이었다.

사실 별도의 보상이 없다고 해도 도와주고 싶은 마음은 있지만 그건 좀 아닌 것 같고.

아무리 좋은 일이라고 해도 내 목구멍이 포도청인데 무작정 자원봉사로 할 수는 없는 일.

영혼의 원한을 풀어 주기 전에 확인하고 넘어가야 할 문제가 있다.

역시나 보상 문제.

원래 가족 간에도 돈 얘기는 확실히 하고 넘어가라고 했다. 물론 이런 일이라면 보상이 없어도 충분히 해 줄 수 있지만, 보상이 있다는데 굳이 안 받을 이유는 없다.

태수가 조심스럽게 물었다.

"일에 착수하기 전에 먼저 보상이 어떻게 되는지 알고 싶은데요?"

─아, 그거요?

사실 영혼이 어떻게 보상을 해 주겠다는 건지 무척 궁금하기도 했다.

박형식의 영혼이 고개를 돌려 길 건너편을 가리켰다.

─거기 신호등 옆에 걸려 있는 플래카드 보이세요?

횡단보도 옆으로 정말 플래카드가 걸려 있는 게 보였다.

"예, 보입니다."

─그 플래카드를 읽어 보십시오.

플래카드에 붉은색 글씨로 이렇게 적혀 있었다.

목격자를 찾습니다.

지난 26일 새벽 2시에서 3시 사이 길동역 횡단보도에서 횡단보도를 건너던 행인을 치고 달아난 뺑소니 가해 차량을 목격하신 분을 찾습니다.

아래 전화번호로 연락 주시면 사례금 3백만 원을 드립니다.

태수가 순간 눈을 부비고 다시 플래카드를 봤다.

'뭐? 사례금이 3백만 원?'

이제야 귀신이 어떻게 돈을 준다는 건지 알 것 같았다.

태수는 영혼이 직접 돈을 주는 것만 상상했지 이런 방법은 생각을 못 했던 것이다.

게다가 액수가 자그마치 사례금 3백만 원이라니!

지금 경호네치킨 가게에서 엄마 일을 도우며 받는 월급이 꼴랑 120만 원.

물론 엄마 일을 돕는 거라 단순 비교는 어렵다고 해도 3백만 원이면 죽어라 스쿠터를 타고 다니며 배달해서 버는 월급의 세 배 가까이 되는 돈이다.

생각했던 것보다 훨씬 큰 금액에 입꼬리가 저절로 올라갔다.

전화 한 통 해 주고 사례금으로 3백만 원을 받을 생각을 하니 횡재한 것 같기도 하고 한편으로는 이렇게 쉽게 돈을 받아도 되나 살짝 양심에 찔리기도 하고.

하지만 이내 고개를 흔들었다.

진지하게 생각해 보니 양심에 찔릴 이유가 전혀 없다. 어차피 자신이 뺑소니 차량을 알려 주면 합의금으로 적어도 수억 원은 받을 수 있을 테니까.

가해 차량이 BMW라면 돈도 꽤 있는 인간일 테고.

"그럼 제가 저 번호로 전화해서 차량 번호만 알려 주면 되는 건가요?"

영혼이 고개를 끄덕였다.

─그렇습니다.

플래카드에 적힌 번호로 전화를 하려는 순간 한 가지 걸리는 게 있었다.

만약 뺑소니 가해 차량이 순순히 자백을 하면 상관이 없지만 발뺌을 하면 목격자가 증언을 해야 할 텐데.

26일이면 닷새 전이고 그날 새벽 태수는 글 쓰다가 불 끄고 잔 게 전부. 워낙 생활이 단순해서 그날 무슨 일이 있었는지 돌아볼 필요도 없었다.

경찰이 어떻게 길동역까지 왔냐고 물어보면 잠이 안 와서 바람 쐬러 나왔다가 사고를 목격했다고 둘러대면 될 테고.

물론 가장 좋은 건 가해자가 다른 변명하지 않고 순순히 범행을 자백해서 귀찮은 일이 생기지 않는 것일 테지만.

"목격자 증언을 하려면 당시 상황을 자세하게 말을 해야 할 텐데, 전 사고를 직접 목격하지 않아서 당시 상황을 잘 모르잖아요."

영혼이 말했다.

─그건 걱정하지 마십시오. 필요하면 내가 옆에서 당시 상황을 자세하게 설명해 드릴 수 있습니다.

역시 영혼이라서 사람은 상상할 수 없는 기발한 방법이 있었다.

만약 그렇게 된다면 걱정할 게 없을 것 같았다. 경찰이 뭘 물어보든 현장에 있던 것처럼 대답할 수 있을 테니까.

태수는 잠깐 긴장했던 마음을 풀고 또 물어볼 게 뭐가 있을지 곰곰이 생각에 잠겼다.

괜히 좋은 일 하다가 위증죄로 처벌받을 수도 있으니까.

'그렇지. 그것도 대비를 해야겠네.'

태수가 영혼에게 물었다.

"왜 여태까지 가만히 있다가 이제야 신고를 했냐고 물어보면 뭐라고 하죠?"

그 질문에 대해서는 영혼도 선뜻 대답을 하지 못하고 고민에 잠겼다.

하지만 그 질문에 대한 대답은 태수가 스스로 찾아냈다.

"이렇게 하면 어떨까요? 당시엔 차 번호가 기억이 나지 않았는데 뒤늦게 기억이 났다고 하면."

영혼이 물개 박수를 치며 좋아했다.

ㅡ그렇게 대답하면 되겠네요.

이렇게 얘기를 나누다 보니까 영혼에 대한 이질감이 전혀 느껴지지 않았다. 그냥 똑같은 사람을 대하고 있는 것 같았다.

그 외에 다른 건 딱히 걸릴 만한 게 없을 것 같았다.

'그럼 이제 저 전화번호로 전화를 걸어서 박형식의 아내에게 사고를 목격했다고 말만 하면 된다는 거지?'

시간이 좀 늦긴 했지만 쇠뿔도 단김에 빼라고 플래카드에 적혀 있는 번호로 전화를 걸었다.

박형식의 아내로 생각되는 여자가 전화를 받았다.

ㅡ여보세요?

비록 선의의 거짓말이라고 해도 거짓말을 하려니까 긴장

이 돼서 목소리가 살짝 떨려 나왔다. 이런 일이 처음이기도 하고.

"아, 예. 저는 26일 날 길동역 앞에서 일어나 뺑소니 사고를 목격한 사람인데요."

휴대폰 너머에서 흥분한 목소리가 넘어왔다. 얼마나 간절하게 이런 전화를 기다렸을지 목소리만으로도 짐작이 갔다.

─네네, 안녕하세요. 정말 그날 사고를 목격하셨나요?

"네, 제가 그날 사고를 목격했어요. 빨리 연락을 드렸어야 했는데, 그동안 차 번호가 기억이 나지 않아서 이제 전화를 드렸네요."

태수는 영혼에게 들은 그대로 당시 상황을 설명해 주고 차량 번호까지 알려 준 후에 자신의 전화번호도 같이 알려 줬다.

"만약 가해자가 발뺌하면 제가 나서서 증언할 용의도 있으니까 언제든 연락하세요."

박형식의 아내가 떨리는 소리로 말했다.

─감사합니다. 정말 감사합니다. 이제야 저세상으로 간 애 아빠가 한을 풀 수 있겠네요. 정말 뭐라고 감사의 말씀을 드려야 할지.

지금까지 살면서 누군가에게 이렇게 감사의 말을 들어 본 적이 있던가.

박형식 아내의 울음 섞인 목소리를 듣자 가슴이 뭉클해지며 찌릿한 감정이 올라왔다.

"얼른 경찰에 연락하셔서서 꼭 그 나쁜 놈을 잡도록 하세요."

전화를 끊고 돌아보자 박형식의 영혼도 눈물을 글썽이고 있었다.

-감사합니다. 정말 감사합니다.

"어차피 저도 보상을 받고 하는 일인걸요. 어쨌든 골치 아프지 않게 문제가 잘 해결되었으면 좋겠네요."

영혼이 다시 한번 고맙다는 인사를 하고는 눈앞에서 스륵 사라졌다.

영혼이 사라지자 알 수 없는 고양감이 전신을 휘감았다. 이런 상쾌한 기분을 느껴 보는 게 언제인지 기억도 잘 나지 않았다. 마치 학교 때 도서관에서 밤늦도록 공부하고 나왔을 때의 기분과 비슷했다.

좋은 일도 하고 돈도 벌고. 불과 몇 분 사이에 무려 3백만 원을 벌었다.

이게 꿈인가, 생신가.

'가만, 주위에 또 다른 영혼 없나?'

태수가 주변을 둘러보며 조용히 주문을 외웠다.

"영혼탐색!"

이번에도 문자와 함께 허공에 내비게이션처럼 지도가 좌악 펼쳐졌다.

주변 10킬로미터 이내의 영혼을 탐색합니다.

레이더처럼 푸른 기운이 주변을 훑고 지나갔다.

이번엔 조금 전 박형식처럼 영혼을 나타내는 붉은 점이 보이질 않았다. 주변 10킬로미터 이내에 한을 품은 영혼이 없다는 소리다.

생각해 보니 집에서 길동역까지 1킬로미터 정도니까 탐색 지역이 이전과 겹친다. 당연히 영혼이 있을 가능성이 희박했다.

'그럼 좀 멀리까지 가서 해 볼까?'

태수는 스쿠터를 타고 송파 방향으로 내달렸다.

대략 10여 분쯤 달려서 스쿠터를 세웠다.

'이 정도면 10킬로미터는 충분히 벗어났겠지?'

태수가 주문을 외웠다.

"영혼탐색."

눈앞에 내비게이션 지도가 펼쳐졌다.

주변 10킬로미터 이내의 영혼을 탐색합니다.

푸른 기운이 레이더처럼 지도를 훑고 지나갔다.

태수가 숨을 죽이고 지도를 지켜봤다.

'이번엔 어떤 영혼이 나타나려나?'

아쉽게도 이번에도 꽝!

'생각보다 원한을 품은 영혼이 많지가 않은 건가?'

그때까지 조용히 있던 머릿속 노인이 말했다.

—원한을 품은 영혼은 세상에 널려 있다네.

'어? 어르신!'

—원한을 품은 영혼이 없는 게 아니라 보상을 줄 수 있는 영혼이 많지가 않은 거지.

'아, 무슨 얘긴지 알겠네요. 그럼 영혼탐색이라는 영능력은 보상을 해 주는 영혼들만 찾아내는 건가요?'

—그렇다고 봐야지. 퇴마사도 먹고살아야 하니까.

'퇴마사도 직업이라는 얘기인가요?'

—그렇지. 하지만 좋은 일을 하면서 돈을 버는 직업이지.

노인의 말대로 직업치고는 아주 좋은 직업이다. 좋은 일하면서 돈도 벌고.

현실에 이런 퇴마사 직업이 있다면 경쟁률이 어마어마할 것 같았다.

어쨌든 운 좋게 좋은 직업을 얻었다. 그동안 알고 있던 퇴마사 이미지하고 많이 다르긴 하지만.

'가만있자, 그럼 지역을 좀 옮겨 볼까?'

영혼을 찾기만 하면 3백만 원이나 되는 돈이 생긴다.

하루 종일 배달해서 버는 돈이 5만 원 남짓인 걸 생각하면 밤을 새워서 서울 시내를 샅샅이 훑어봐도 상관이 없었다.

새벽 공기를 가르며 10킬로미터를 넘어설 때마다 영혼탐색을 외쳤지만, 보상을 주는 영혼은 쉽게 만날 수가 없었다.

시간이 흐를수록 점점 이런 생각이 들었다.

'역시 첫 끗발이 개끗발이었나?'

하긴 아무리 퇴마사라도 그렇게 쉽게 돈을 벌 수 있다면 금방 부자가 되고도 남을 것 같았다.

하루에 3백만 원을 번다고 치면 한 달이면 9천만 원. 1년이면 10억 정도 된다.

10억짜리 건물을 사면 한 달에 월세가 4백에서 5백은 나오니까 평생 죽을 때까지 일하지 않고 글만 쓰면서 살 수 있다.

머릿속에서 기분 좋은 상상을 부풀리던 태수가 고개를 흔들었다.

'김칫국부터 마시는 것도 아니고. 내가 지금 무슨 생각을 하는 거야?'

어쩌면 처음 만난 박형식의 영혼이 처음이자 마지막 만난 영혼일 수도 있다.

중간에 스쿠터 기름까지 넣어 가며 강남까지 이 잡듯이 돌았지만 영혼은 나타나지 않았다.

'어르신, 이제 영혼이 없는 거 아닐까요?'

노인은 대답이 없었다. 왠지 곤란한 질문을 하면 대답을 회피하는 느낌.

'후우, 그만 포기하고 돌아가야 하나? 가만 서울역에 한번 가 볼까?'

거긴 워낙 사람들이 많이 모이는 곳이니까 영혼이 있을지

퇴마하는 톱스타

도 몰랐다.

스쿠터를 몰고 서울역에 도착했을 때는 어느덧 새벽 4시가 넘은 시각.

역시 서울역에는 새벽 시간인데도 사람들이 많았다. 노숙자들도 많았고.

'이야, 서울역에 와 보는 게 얼마 만이야?'

기차 탈 일이 거의 없으니 서울역에 올 일도 없었다.

태수가 마음을 단단히 먹고 눈을 감았다.

'이번이 진짜 마지막이다.'

서울역 계단 아래에서 태수가 주문을 외웠다.

"영혼탐색!"

이번에도 문자와 함께 허공에 내비게이션처럼 지도가 촤악 펼쳐졌다.

주변 10킬로미터 이내의 영혼을 탐색합니다.

레이더처럼 푸른 기운이 주변을 훑고 지나갔다. 태수가 숨을 죽인 채 허공의 지도를 노려봤다. 지도 위에 붉은 점 하나가 깜빡이는 게 보였다.

태수가 보물이라도 발견한 것처럼 소리쳤다.

"있다, 있어!"

붉은 점 아래 글자가 나타났다.

김혜순(여, 58세)

사망 : 2일 전, 오후 3시 25분. 잠실역 사거리에서 뇌졸중으로 사망
보상 : 금전

태수의 입꼬리가 올라갔다.

역시 이번에도 보상은 금전.

밤새도록 서울 시내를 헤매고 다닌 노력이 헛되질 않았다.

심장이 쿵쿵거리며 벌써부터 보상 금액이 얼마일지 궁금해졌다.

붉은 점이 깜빡이는 곳에 영혼이 있습니다.

영혼이 보상을 준비하고 있습니다. 영혼의 한을 풀어 주면 보상을 얻을 수가 있습니다.

내비게이션상으로 영혼이 있는 곳은 서울역 안쪽이었다.

태수는 계단을 올라가서 서울역 안으로 들어갔다. 밤새도록 서울 시내를 헤집고 다녔는데 전혀 피곤하거나 졸리지가 않았다.

서울역 역사 안에서 지도를 보며 붉은 점에 가까이 다가갔다. 붉은 점이 있는 곳은 경부선 열차표를 파는 곳 앞에 놓인 의자.

의자 앞에 도착했을 때 문자와 알림이 떴다.

퇴마하는
톱스타

─띠링.

방금 귀기를 접촉했습니다.
김혜순의 영혼과 교감을 시도합니다.
접속이 진행 중입니다.
김혜순의 영혼이 응답했습니다.

눈앞 공기가 흔들리며 김혜순의 영혼이 나타났다.
김혜순의 영혼은 앞에 서 있는 태수는 거들떠보지도 않고
주위를 두리번거리며 소리를 질렀다.
물론 그 소리를 들을 수 있는 사람은 태수 한 사람밖에 없
었다.
─누가 날 불렀어요?
50대의 푸근한 엄마 같은 얼굴.
태수가 반갑게 대답했다.
"제가 불렀습니다."
김혜순이 놀라서 돌아봤다. 김혜순도 이전의 박형식과 거
의 비슷한 반응.
─제가 보이세요? 제 목소리가 들리세요?
김혜순은 감격한 듯 목소리까지 떨려 나왔다.
"네, 아주 잘 보이고 잘 들립니다."
─세상에! 하늘이 절 버리지 않으셨네요. 이런 일이 일어나

다니.

의자에서 열차를 기다리며 졸고 있던 50대 남자가 이상한 눈으로 태수를 바라봤다.

'뭐, 그러거나 말거나.'

태수는 다른 얘기는 그만두고 곧장 본론으로 들어갔다.

"제가 한을 풀어 드리겠습니다. 무슨 사연이기에 이승을 떠나지 못하는지 얘기를 들려 주세요."

태수의 말에 감격한 김혜순의 영혼이 사연을 털어놓았다.

김혜순은 남편을 일찍 보내고 평생 보육원 아이들을 후원하면서 혼자 살았다.

보육원 아이들이 없었다면 외로운 삶이었을 것이다. 아이들이 자신에게 삶에 의미가 되어 준 것이다.

근데 얼마 전부터 치매가 왔다. 그날도 정신이 나가서는 보육원에 기부하려고 모아 둔 현금과 집문서 등을 들고 밖으로 나갔다.

하루 종일 어딘가를 싸돌아다니다가 정신이 들었을 때는 그 가방을 어디에 뒀는지 기억이 나지 않았다.

그 돈은 최근 기부금이 줄어들면서 운영이 어려워진 보육원을 되살리기 위한 돈이었다.

김혜순은 그날부터 가방을 찾느라 몇 날 며칠 거리를 헤매다니다가 뇌졸중으로 쓰러져 사망했다.

이후 김혜순은 영혼이 되어 지금까지 서울역을 떠돌아다

녔다.

태수를 만나지 못했다면 아마 영원히 그렇게 떠돌아다녔을 것이다.

김혜순의 영혼이 흐느끼며 말했다.

ㅡ내가 죽은 건 상관이 없어요. 하지만 내가 기부하기로 한 그 돈이 없으면 보육원이 문을 닫아야 하고 보육원 아이들이 거리로 내몰리게 된답니다.

얘기를 듣는 동안 마음이 뭉클했다. 세상이 각박하다지만 이렇게 숨어서 선행을 베풀며 살아가는 사람들이 정말로 있다는 게 신기할 정도였다.

'젠장, 이런 착한 영혼은 곧바로 천국에 들어가야 하는데.'

김혜순이 흐느끼며 말을 이어 갔다.

ㅡ너무 원통한 게 죽고 나서 그 돈을 어디에 뒀는지 비로소 기억이 나는 거예요. 그러니 얼마나 한이 맺혔겠어요? 돈이 있는 곳을 뻔히 알면서도 그 돈을 전하지 못한다고 생각하니 차마 눈을 감을 수가 없었어요.

대체 돈 가방을 어디에 두고 기억을 잃었다는 건지 궁금했다. 지금쯤이면 누군가가 가방을 집어 가지 않았을까?

"가방을 어디에 뒀는지 모르겠지만 현금과 전 재산이 들어 있다면 지금쯤 다른 사람이 가져가지 않았을까요?"

김혜순의 영혼이 눈물을 훔치고는 고개를 흔들었다.

ㅡ아뇨. 가져가지 않았어요.

"그걸 어떻게 아세요?"

―물품 보관함에 넣어 놨거든요.

"물품 보관함요?"

―네. 이곳 서울역 내에 있는 물품 보관함요. 제가 보육원을 갈 때 항상 서울역에서 기차를 타고 가거든요. 아마 그날도 보육원에 가려고 가방을 들고 서울역에 갔는데 갑자기 기억을 잃어버린 모양이에요.

치매가 무서운 병이라는 건 알고 있었지만 얘기를 듣고 보니 오싹해졌다.

자신이 평생 모은 재산을 들고 나가서 기억이 없어진다고 생각해 보라. 가족도 못 알아보고.

심지어는 기억이 돌아오지 않아서 집을 못 찾아오는 사람도 많다고 한다.

'가만, 우리 엄마도 치매 검사해 봐야 하는 거 아냐? 요즘 보면 방금 전에 한 일도 자주 잊어버리는 것 같던데.'

그나마 다행인 건 죽어서라도 기억이 돌아왔다는 것이다. 물품 보관함에 돈 가방을 넣어 뒀다면 누가 훔쳐 가거나 하지는 않았을 테고.

김혜순이 말을 이어 갔다.

―그때 기억을 잃어버리니까 내가 왜 서울역에 와 있지? 싶은 거예요. 손에는 누구 것인지도 모르는 돈 가방이 들려 있고, 그래서 너무 겁이 나서 물품 보관함에 집어넣었어요.

근데 기억이 다시 돌아왔을 때는 다시 가방에 대한 기억이 사라진 거예요.

김혜순의 얘기를 들으며 태수는 한 번 더 다짐했다.

엄마를 병원에 데리고 가서 반드시 치매 검사를 해 봐야겠다고.

"그럼 물품 보관함 비밀번호도 다 기억하세요?"

─네. 다 기억해요.

태수가 저도 모르게 손바닥을 마주치며 박수를 짝 하고 쳤다.

"다행이네요. 그럼 전 그 가방을 찾아서 보육원에 전달만 하면 되는 건가요?"

─네, 맞아요. 그렇게만 해 주신다면 저도 한을 풀 수가 있고 보육원도 위기를 넘길 수가 있을 거예요.

이번 일도 박형식 건 못지않게 단순한 일이다.

"그럼 일단 물품 보관함으로 가서 가방을 찾도록 하겠습니다. 보육원이 어딘가요?"

─천안요.

"천안이면 지금은 시간이 늦어서 바로 가긴 어렵겠고 내일 날이 밝으면 제가 천안 가서 가방을 전해 주면 어떨까요?"

김혜순의 영혼이 기뻐서 어쩔 줄 모르겠다는 듯 양손으로 입을 가린 채 고개를 끄덕였다.

─그렇게만 해 주신다면…… 정말 고맙습니다.

김혜순의 영혼이 앞장서서 걸어갔고 태수는 그 뒤를 따라갔다.

롯데리아와 맥도날드를 지나서 우리은행이 보였고 그 맞은편에 물품 보관함이 보였다.

물품 보관함 앞으로 간 태수가 당황해서 김혜순의 영혼을 돌아봤다.

"이거 지문인식으로 작동하는 것 같은데 어떡하죠?"

물품 보관함이 지문 인식으로 작동할 줄은 생각지도 못했던 것이다. 아까 김혜순의 영혼은 분명히 비밀번호를 외우고 있다고 했는데.

평생 불운하게 살아온 태수는 이번에도 불길한 예감이 맞아 들어갈 것 같아서 불안했다.

'바로 눈앞에서 물품 보관함을 못 여는 거 아냐? 김혜순의 영혼한테 손가락을 대라고 할 수도 없는 노릇이고.'

그런 태수의 고민은 김혜순의 한마디로 사라졌다.

─그거 비밀번호로도 열 수가 있어요.

"아, 정말요?"

그러고 보니 사용 안내에 비밀번호로 열 수 있는 방법도 설명을 해 놓았다.

"그러네요. 비밀번호로 열 수도 있네요. 비밀번호가 어떻게 되나요?"

─0827이요. 우리 남편이 죽은 날짜예요.

태수가 0827을 누르자 물품 보관함의 문이 열렸다.

김혜순의 말처럼 안에 갈색 가방이 들어 있었다.

태수가 가방을 꺼내서 물었다.

"이건가요?"

─네, 맞아요.

"열어 봐도 될까요?"

─그러세요.

의자에 앉아서 가방을 열던 태수의 두 눈이 휘둥그레졌다. 가방 안에 5만 원 다발이 수북하게 들어 있고 여러 서류들도 가득 들어 있었던 것이다.

태수가 놀라서 얼른 다시 가방의 지퍼를 닫았다. 자세히 보지는 않았지만 생각보다 큰돈인 것 같았다.

혹시라도 누가 본 사람이 없는지 주위를 살폈다. 청원경찰 두 명이 지나가는데 괜히 죄라도 지은 사람처럼 심장이 두근 거리고 긴장이 됐다.

평생 이렇게 큰돈은 본 적도 없었다. 이런 큰돈을 잃어버 렸으니 김혜순이 이승을 떠나지 못하는 것도 이해가 됐다.

"생각보다 엄청 돈이 많네요."

─네. 제가 평생 식당 하면서 모은 돈이에요. 거기 가방엔 제 모든 재산에 대한 권리증과 인감도장이 들어 있어요. 보 육원에 전 재산을 기부한다는 유언장도 변호사의 공증을 받 아서 넣어 놨고요.

대체 재산이 얼마나 많기에 변호사 공증까지 받았다는 건가.

영혼이 기억을 더듬다가 말했다.

-아마 부동산과 예금까지 다 합치면 20억쯤 될 거예요.

'헉! 2, 20억? 세상에, 20억을 보육원에 기부한다고?'

지금까지 자신은 오지랖이 넓어서 남들한테 손해만 봤다고 투덜거리며 살았는데, 김혜순에 비하면 완전히 조족지혈.

"일단 제가 생각할 시간을 좀 주세요. 액수가 워낙 커서 어떻게 해야 안전하게 보육원에 전달할 수 있을지 고민을 좀 해 봐야 할 것 같아서요."

-네, 알았어요.

김혜순의 영혼은 태수 옆에 나란히 앉아서 기다렸다.

태수가 자꾸만 주변을 둘러봤다. 지금 20억을 들고 있다고 생각하니 자꾸만 그런 행동을 하게 됐다.

괜히 행동도 어색해지고 자신을 바라보는 사람들의 눈초리도 이상해 보이고.

20억이 든 가방을 든 채 스쿠터를 타고 집으로 돌아갈 생각을 하니 엄두가 나지 않았다. 그 가방을 들고 다시 서울역까지 오는 것도 마찬가지.

택시를 타고 와도 왠지 불안할 것 같은 기분.

지금 시간을 보니 4시 15분.

가방을 끌어안고 KTX 열차 시간표를 보니 천안아산역 첫

차가 5시 30분.

차라리 1시간 15분을 기다렸다가 KTX 첫차를 타고 가는 게 나을 것 같았다.

지금까지 한 번도 KTX를 타 보지 않았으니 이 기회에 열차도 한번 타 보고.

경호네치킨이 2시에 문을 여니까 천안까지 가서 보육원에 돈 가방을 전달하고 돌아올 시간은 충분했다.

태수는 매표소로 가서 열차표를 끊고 돌아와 의자에 앉았다.

김혜순이 말했다.

—그렇게 가방을 안고 있으니 사람들이 더 이상하게 보겠어요.

그러고 보니 저도 모르게 가방을 안고 있었다.

태수가 가방을 무릎에 올려놓으며 쑥스럽게 말했다.

"액수가 워낙 커서 저도 모르게 그만. 그냥 여기서 기다리고 있다가 곧바로 천안으로 가서 가방을 전달하는 게 좋겠어요."

가만히 의자에 앉아 있다 보니 조금씩 졸음이 쏟아졌다.

그런 태수를 보며 김혜순이 말했다.

—눈 좀 붙여요. 무슨 일이 생기면 내가 소리를 지를 테니까.

김혜순의 말에 태수가 눈을 번쩍 뜨면서 말했다.

"그건 안 되죠. 이게 어떤 돈인데."

김혜순이 웃으며 물었다.

─대학생인가요?

"아뇨. 지금은 휴학하고 엄마가 하는 치킨집을 돕고 있어요."

김혜순이 고개를 끄덕였다.

열차 시간이 돼서 탑승구로 나가 생전 처음으로 KTX를 탔다.

다행히 이른 새벽이라 승객들이 많지가 않았다. 태수의 옆자리가 비어 있어서 김혜순이 대신 앉았다.

열차가 출발했다. 처음엔 좀 빠른 것 같았는데 조금 지나자 금방 적응이 되면서 우등 열차를 타고 있는 것 같았다.

차창 밖으로 해가 떠오르는 모습이 보였다.

'얼마 만에 보는 일출이냐?'

그나저나 보상에 대한 얘기를 꺼내야겠는데 쉽게 입이 떨어지지 않았다.

김혜순은 평생 모은 재산을 보육원에 기부하려다가 죽었다. 자신은 그 돈을 찾아 주면서 보상을 바란다는 게 왠지 양심에 찔렸다.

그렇다고 보상을 안 받을 수는 없다. 앞으로 만나는 영혼들도 다들 안타까운 사연을 지닌 영혼일 텐데.

'노인도 말하지 않았던가, 퇴마사도 직업이라고.'

태수가 조심스럽게 물었다.

"혹시 보상은 어떤 식으로……?"

김혜순이 얼른 대답했다.

─아, 보상요? 제가 딱히 준비해 놓은 보상은 없어요. 하지만 잃어버린 물건을 찾아 주면 일정 금액을 보상으로 준다고 하던데, 그걸로 안 될까요?

그런 법 조항이 있다는 건 태수도 알고 있다.

"잠시만요."

태수는 곧바로 대답하지 않고 휴대폰으로 검색을 했다. 곧바로 인터넷에서 관련 내용을 찾을 수가 있었다.

유실물의 반환을 받은 자는 유실물 가액의 100분의 5 내지 100분의 20의 범위 내에서 보상금을 습득자에게 지급하여야 한다. (유실물법 제6조)

'유실물 가액의 100분의 5 내지 100분의 20이라고? 그럼 김혜순의 재산이 대략 20억쯤 된다고 했으니까 최소한으로 비율로 해서 100분의 5만 계산해도 얼마야?'

머릿속으로 계산하는 태수의 눈이 점점 부풀어 올랐다.

'10억의 5퍼센트면 5천만 원이니까 20억의 5퍼센트면 1억 원?'

잠시 머릿속이 멍해졌다.

'나한테 1억 원이 생긴다고?'

실감이 나지 않았다. 오늘밤 3백만 원 번 것도 꿈처럼 느껴지는데.

태수네 집에는 갚아야 할 빚이 있다. 대략 3천만 원이 조금 넘는 액수다.

예전에 화재로 떡볶이집이 불에 타면서 대출받은 1억을 몇 년에 걸쳐서 갚은 후에 남은 금액이다.

엄마는 늘 그 돈만 갚아도 두 다리 뻗고 잘 수 있겠다고 입버릇처럼 말했다.

지난번에 엄마는 형네 부부한테 그 돈을 갚아 달라는 부탁을 했다가 거절당했다.

형수가 강남에 건물을 가진 집안 딸이라고 워낙 자랑을 해서 부탁을 했던 것인데, 돌아온 대답은 돈이 없다는 것이었다.

건물은 부모님 집이라서 서로 관여를 하지 않는다나.

당시 그런 형네 부부를 바라보며 태수는 속이 부글부글 끓었다.

평소엔 부잣집 딸 코스프레하면서 우리 집을 무시하더니 결정적인 순간엔 흙수저 코스프레를 하니 울화통이 터졌다.

근데 1억 원을 받는다면 엄마가 그토록 소원하던 빚을 단번에 갚고도 7천만 원이 남는다.

'만약 최대 비율인 20퍼센트를 받는다면?'

태수는 이내 고개를 흔들었다.

'인간이 양심이 있어야지.'

김혜순은 보육원이 어려운 상황이라고 했다. 그랬으니 자신의 전 재산을 기부하려고 했을 것이다.

물론 20억도 큰돈이지만 1억 원도 엄청나게 큰돈이다. 만약 자신이 1억 원을 가져가면 보육원 운영에 분명 어려움이 있을 것 같았다.

게다가 양심적으로 생각해 보면 자신은 유실물을 습득했다고 할 수도 없다.

비록 영혼이긴 하지만 가방 주인인 김혜선이 알려 줘서 찾은 거니까.

물론 자신이 1억 원을 받아 간다고 해서 뭐라고 할 사람은 없겠지만.

'아, 어떡하지? 고민되네.'

태수가 양심의 가책과 현실적인 욕심 사이에서 고민하는 사이 KTX가 마침내 천안아산역에 도착했다.

김혜선이 알려 준 전화번호로 먼저 연락을 한 후에 택시를 타고 보육원을 찾아갔다.

금방이라도 쓰러질 것 같은 허름한 보육원 건물 안으로 들어가자 아이들의 모습이 보였다.

기껏해야 초등학교 저학년으로 보이는 아이들이 수녀님과 복도 청소를 하고 있었다.

수녀님이 태수를 알아보고는 다가왔다.

김혜순의 영혼이 말했다.

ㅡ원장님이세요. 정말 천사 같은 분이시죠.

수녀님이 말을 걸어왔다.

"전화하신 분이시죠?"

"네, 맞습니다."

태수는 우연히 가방을 발견했다고 적당히 둘러댄 후 가방을 건넸다. 가방 안에 보육원 주소와 연락처가 있어서 연락을 했다는 말을 덧붙이며.

가방 안을 확인한 수녀님이 눈물을 흘리며 중얼거렸다.

"세상에, 어떻게 이런 일이? 스텔라 님이 이 가방을 찾으시려다가 돌아가셨는데⋯⋯."

스텔라는 김혜순의 세례명인 모양.

김혜순이 그런 수녀님 옆에서 빙그레 웃으며 말했다.

ㅡ수녀님, 울지 말아요. 이게 다 주님의 뜻입니다.

물론 수녀님이 김혜순의 목소리를 들을 수는 없었다.

태수는 비록 종교를 믿지는 않지만 이상하게 마음이 따스해지는 느낌을 받았다.

수녀님이 눈물을 훔치며 말했다.

"이 돈을 찾지 못했다면 원생들은 이 보육원에서 쫓겨났을 거예요. 스텔라 님은 이 돈으로 보육원을 사길 원하셨어요."

"아, 예."

김혜순에게 말하는 것보다 수녀님에게 보상을 얘기하기가 더 힘들었다.

'우씨, 어떡하지?'

그때 김혜순의 영혼이 수녀님의 귀에 대고 뭐라고 속삭였다.

'뭐 하는 거지? 어차피 수녀님은 영의 목소리를 들을 수가 없을 텐데.'

김혜순이 물러나자 수녀님이 마치 영의 목소리를 들은 사람처럼 자리에서 일어났다.

"안에 좀 들어갔다 올 테니 잠시만 기다려 주실래요?"

안으로 들어가 다른 사람들과 상의를 한 후 다시 나타난 수녀님이 말했다.

"이렇게 귀중한 가방을 찾아 주셨는데 당연히 보상을 해 드려야죠. 안에서 물어보니까 법에서 정한 금액이 있다고 하네요. 금액을 말씀하시면 보상해 드릴게요."

김혜순도 웃음을 머금은 얼굴로 태수를 가만히 응시했다.

태수가 고민 끝에 말했다.

"여기 아이들 보니까 보상을 받는 게 괜히 미안하네요."

김혜순이 말했다.

─그렇지 않아요. 당연히 보상을 받아야죠. 어서 금액을 말하세요. 태수 학생이 아니었으면 여기 보육원 아이들은 모두 길거리로 쫓겨났을 거예요.

수녀님도 걱정 말고 금액을 말하라고 재촉했다.

태수가 수없는 고민 끝에 말했다.

"그럼 천만 원만 받을게요. 괜찮을까요?"

김혜순은 물론 수녀님도 깜짝 놀라서 말했다.

"제가 듣기로 유실물을 찾아 주면 최대 유실물의 20퍼센트까지 보상을 요구할 수 있대요. 알고 있었어요? 그럼 20억의 20퍼센트, 4억까지 받을 수 있다는 말이에요."

막상 4억이라는 소리를 듣자 마음이 흔들렸다.

'사람이 평생 세 번의 기회가 온다는데 지금이 그 기회가 아닐까?'

4억이면 목 좋은 곳에 가게를 얻어 엄마한테 치킨집을 내줄 수도 있는 돈이었다.

태수는 고민 끝에 결국 고개를 흔들었다. 자신이 가방을 우연히 습득한 게 아니기 때문이다.

"사실은 제가 가방을 주운 게 아니라 김혜순 씨의 영혼이 가방이 있는 곳을 가르쳐 줘서 찾은 겁니다."

태수의 말에 수녀님은 물론 김혜순까지 놀라서 눈을 휘둥그레 떴다.

수녀님이 물었다.

"그게 무슨 말이세요?"

"아무튼 전 천만 원만 받아도 충분하니까 신경 쓰지 마세요."

태수는 천만 원짜리 수표를 가슴에 품은 채 KTX를 타고 서울로 돌아왔다.

열차에서 졸음이 쏟아졌지만 혹시라도 누가 수표를 훔쳐 갈까 봐 졸음과 사투를 벌여야만 했다.

태수는 열차를 내리자마자 은행에 들러 천만 원을 통장에 입금했다. 자신의 통장에 그런 거액이 들어 있다는 것만으로도 마음이 뿌듯했다.

태수가 옥탑방으로 돌아왔을 때 노인의 목소리가 들렸다.

─어때? 해 보니까 할 만하지? 잠깐 사이에 적지 않은 돈도 벌고.

'할 만한 정도가 아니죠. 하룻밤에 1,300만 원을 벌었는데.

앞으로는 다른 일은 할 필요도 없을 것 같았다. 두둑하게 돈도 벌고 좋은 일도 하고. 세상에 이런 개이득 직업이 어디 있단 말인가.

태수는 비로소 노인에게 인사를 했다.

'감사합니다, 어르신. 앞으로도 제 몸 안에 계속 머물러 주십시오. 저 그동안 고생만 하면서 산 놈입니다. 보란 듯이 돈도 벌고 남들한테 인정도 받고 싶습니다.'

노인이 태수의 마음을 읽은 것처럼 말했다.

─그렇다고 너무 욕심을 내지는 말게. 보육원 일은 잘 처리한 거야. 그리고 방금처럼 큰 금전을 보상으로 주는 영혼도 있지만 한을 풀어 주느라 힘들게 고생했는데 보상은 쥐꼬리만 한 경우

도 있어.

태수가 살짝 실망한 목소리로 물었다.

'그런 경우가 많은가요?'

─글쎄. 그건 누구도 알 수가 없는 일이니까.

사실은 노인이 뭐라고 말을 해도 별로 걱정이 되지 않았다. 하룻밤에 몇 달은 놀아도 될 정도로 큰돈을 벌었으니까.

지금 통장에 있는 돈만 있어도 몇 달 동안 옥탑방에 틀어박혀 글만 써도 된다.

그런 태수의 마음을 흔들며 노인이 은근한 목소리로 말했다.

─뭐니 뭐니 해도 가장 좋은 건 능력을 보상으로 주는 영혼을 만나는 걸세.

'능력을 보상으로 준다고요?'

─영능력 전수자 정보 창을 다시 띄워 보게.

태수가 중얼거렸다.

"영능력 전수자 정보."

그러자 이전에 허공에 나타났던 정보 창이 나타났다.

영능력 전수자 정보
성명 : 장태수
나이 : 24세
보유 영능력 : 영혼탐색 / 영혼흡수 / 사이코메트리
특이 사항 : 칠성문 32대 퇴마사 박두칠의 영능력을 전수받은 자

퇴마하는
톱스타

노인이 말했다.

-보유 영능력에서 영혼흡수라는 항목이 보이나?

'예.'

-영혼흡수는 내가 가지고 있던 두 번째 영능력이야. 영혼흡수는 특별한 능력을 가진 영혼의 한을 풀어 주고 그 영혼이 가진 능력의 일정 부분을 흡수할 수 있는 영능력일세.

'영혼이 가진 능력을 흡수한다고요? 그렇다면 공부를 잘하는 영혼의 능력을 흡수하면 저도 공부를 잘할 수 있다는 건가요?'

-그렇지. 100퍼센트는 아니라도 일정 부분은 흡수가 가능해.

'일정 부분이라면 어느 정도를 말하는 건가요?'

-영혼흡수를 한다고 무조건 능력을 얻을 수 있는 건 아니네. 자네가 본래 가지고 있던 능력에 따라서 흡수율이 달라지거든.

'흡수율이라고요?'

노인이 설명한 흡수율이라는 건 이런 것이다.

일테면 유명 요리사의 영혼을 흡수했다고 치자.

태수가 평소 요리를 좋아하거나 잘했다고 하면 요리사의 능력을 흡수하는 흡수율이 높아지지만 그 반대라면 흡수율이 낮아지게 된다.

'그럼 제가 좋아하거나 어느 정도 자질이 있는 능력만 흡수해야 흡수율이 높아지겠네요?'

-꼭 그렇지도 않아. 자네도 모르는 자네의 잠재 능력이 있을

수도 있으니까. 다만 아무리 흡수율이 높아도 80퍼센트를 넘어서는 경우는 거의 없다네.

'말하자면 원본보다 뛰어난 복사본은 나올 수가 없다, 뭐 그런 얘긴가요?'

-그렇다고도 할 수 있지. 단, 능력을 흡수한 후에 자신이 얼마나 노력하느냐에 따라 그 능력이 진화할 수는 있겠지.

사실 이건 태수가 평소 소설을 쓰면서 자주 하던 공상이다. 뛰어난 누군가의 능력을 흡수할 수 있는 능력이 있으면 얼마나 좋을까 하고.

뛰어난 야구 선수의 능력을 흡수해서 유명 야구 선수로 살다가 다시 유명 배우의 연기 능력을 흡수해서 배우로 살아갈 수도 있다.

생각만으로도 심장이 쿵쾅거렸다.

단순히 영혼탐색으로 영혼의 한을 풀어 주고 보상을 받는 것하고는 차원이 다르다.

영혼탐색으로 얻는 이익은 돈을 버는 것 이상은 어렵지만 영혼흡수로 능력을 흡수하면 돈과 명예를 모두 얻을 수도 있다.

굳이 힘들게 영혼을 찾아다니며 돈을 벌 필요도 없다. 한 번만 마음에 드는 능력을 흡수하면 그 직업으로 살아가면 된다.

누군가의 노력을 쉽게 얻는다는 게 좀 미안하긴 하지만 그런 식으로 따지면 금수저 집안에서 태어나 처음부터 모든 걸 가지고 시작하는 사람들은 뭐란 말인가.

게다가 태수는 돈보다는 명예욕이 훨씬 강한 성격이었다.

행복한 상상을 펼치던 태수에게 노인이 말했다.

–능력을 보상으로 주는 영혼은 워낙 희소해서 앞으로도 쉽게 만나기는 어려울 걸세.

'이건 또 뭐야? 기껏 사람 마음 들뜨게 만들어 놓고.'

하긴, 상식적으로 생각해 봐도 그럴 것 같긴 했다. 특별한 능력을 가진 사람 자체가 워낙 드물 테니까 당연히 그런 영혼을 만나는 건 어려울 것이다.

'그렇다면 영혼흡수는 일단 패스.'

세 가지 영능력 중에서 남은 한 가지는 사이코메트리.

'사이코메트리는 뭔가요?'

노인이 사이코메트리에 대해 설명을 시작했다. 그리고 그 설명을 듣는 태수의 눈이 점점 부풀어 올랐다.

–사이코메트리는 물건이나 장소에 남겨진 잔류사념으로 상대의 마음을 읽거나 과거의 상황으로 돌아가서 당시에 일어났던 일을 볼 수 있는 영능력이라네.

뭔지 모르게 마음이 확 끌리는 구석이 있는 능력이었다. 상대의 마음을 읽고 과거에 일어난 일을 볼 수가 있다는 말 같은데.

–쉽게 말해서 사이코메트리로 어떤 장소를 스캔하면 그 장

소에서 일어났던 과거의 일을 볼 수가 있고 어떤 물건을 스캔하면 그 물건을 가지고 있던 사람의 마음을 읽을 수 있는 능력이라네.

눈을 휘둥그레 뜬 태수가 목소리를 높였다.

"그럼 독심술 같은 건가요?"

-독심술은 마음만 읽을 수 있지만 사이코메트리는 장소를 스캔해서 과거의 모습까지 볼 수도 있으니 훨씬 상위의 영능력이지.

태수는 넋이 나간 사람처럼 눈을 깜빡였다.

아직은 실감이 나지 않지만 노인의 말이 사실이라면 돈만 찾아다니는 영혼탐색이나 가능성이 희박한 영혼흡수보다 훨씬 도움이 될 수 있는 능력이었다.

적재적소에 잘만 사용한다면 살아가는 데 엄청난 도움이 될 수 있을 것 같았다.

상상하는 것만으로도 심장박동이 거세지고 자꾸만 주먹에 힘이 들어갔다.

살아오면서 한 번도 남의 주목을 받지 못했고 한순간도 원하는 삶을 살지 못했다. 하지만 앞으로는 인생이 확 달라질 것 같은 예감이 들었다.

복불복도 겁나지 않을 만큼.

태수는 날이 밝자마자 경호네치킨 문을 벌컥 열고 안으로 들어섰다.

바닥 청소를 하던 엄마가 깜짝 놀라서 돌아봤다.

"깜짝이야. 뭔 문을 그렇게 요란하게 열고 들어와?"

"엄마, 나 이제 배달 일 그만할래."

엄마의 미간이 좁혀졌다.

마치 저 화상이 또 무슨 꿍꿍이로 저러나 하는 표정이다.

사실 엄마 입장에서는 옥탑방 월세 60만 원에 배달 알바비로 백여만 원까지 꼬박꼬박 챙겨 주느라 만만치 않은 지출이 나갔다.

물론 알바생을 써도 비슷하게 지출이 나가겠지만 아들한테 주는 돈이라 아깝다는 생각을 하지 않았다.

"쓸데없는 소리 하지 말고 열심히 일이나 해. 배달 안 하면 뭐 좋은 알바 자리라도 구했냐? 너 몰라서 그러는데 요즘 최저 시급 올라서 단순 알바 구하는 것도 얼마나 힘든지 알아?"

물론 알고 있다. 예전에는 알바몬에 알바 구한다는 공고를 붙여도 지원자가 별로 없었는데, 요즘엔 경쟁률이 10 대 1이 넘어갈 정도라고 했다.

물론 태수한테는 전혀 상관이 없는 얘기지만.

지금 통장에 있는 돈이 1,010만 원 남짓.

하지만 며칠 후면 3백만 원이 또 입금될 예정이다. 생각만으로도 저절로 입꼬리가 올라갔다.

아무리 보상을 주는 영혼이 많지 않다고 해도 치킨집에서 엄마한테 받는 돈보다는 많이 벌 자신이 있었다.

게다가 사이코메트리를 이용하면 다른 알바나 일을 찾을 수도 있다.

태수가 그 어느 때보다 당당하게 말했다.

"앞으로 옥탑방 월세는 내가 낼 거야. 그리고 지난번에 일하던 호성이한테 연락해 놨어. 조금 있으면 와서 나 대신 배달할 거니까 걱정하지 마."

"뭐라고? 너 혹시라도 글 쓴다고 처박혀 있다가 돈 달라고 하면 국물도 없을 줄 알아."

"알았어. 걱정하지 마."

엄마는 여전히 불안한 표정으로 태수를 째려봤다.

하긴 지금까지 살면서 단 한 번도 믿음직한 아들 노릇을 해 본 적이 없으니.

동생 혜령도 걱정스러운 눈빛으로 바라봤다.

"오빠, 일자리는 구한 거야?"

"그럼, 내가 아무런 대책도 없이 이러겠냐?"

"대체 무슨 일자린데? 또 이상한 일 하는 거 아냐?"

"야, 너는 오빠를 뭐로 알고. 아무튼 걱정하지 마. 내가 조만간 돈 많이 벌어서 이 치킨집 더 넓은 데로 옮겨 줄 테니까."

태수의 장담에 엄마와 혜령이 불안한 얼굴로 서로의 얼굴을 마주 바라봤다.

'사이코메트리도 시험을 해 볼 겸, 두 사람이 무슨 생각을 하는지 한번 알아볼까?'

사실 어떤 생각을 할지 뻔히 보이지만 영능력도 시험해 볼 겸 둘의 마음을 읽어 보기로 했다.

먼저 엄마가 서 있는 자리를 향해 손바닥을 펼치고는 속으로 주문을 읊었다.

'사이코메트리.'

화르르르륵.

주변 공기가 흔들리며 엄마의 속마음이 목소리로 들려왔다.

'쟤가 또 무슨 꿍꿍인 줄 모르겠네. 또 저번처럼 갑자기 학교에 가겠다고 하는 건 아닐까? 지금 갚아야 할 빚도 많은데 걱정이네.'

엄마의 생각이 계속해서 이어졌다.

'에휴, 하긴 지 마음은 얼마나 답답할까. 이런 코딱지 같은 치킨집에서 배달이나 하고 있고 있으니. 그러고 보니 얼굴 살도 많이 빠졌네. 요즘 무슨 고민이 있나?'

태수가 손을 오므렸을 때는 엄마와 혜령 둘 다 각자의 일을 하고 있는 중이었다.

평소 무슨 말만 하면 폭풍 잔소리를 쏟아 내는 엄마였다. 보나 마나 속으로 자신을 욕할 것이라고 생각했는데, 엄마의 속마음은 정반대였다.

평소 진짜 마음을 드러낸 적이 없는 엄마라서 자신을 걱정하는 모습은 몹시 낯설었다. 속마음을 읽고 나니 괜히 마음이 뭉클해지고 엄마한테 미안한 마음이 들었다.

이번에는 혜령이 서 있던 자리에 손바닥을 대고 사이코메트리를 발현시켰다.

'무슨 꿍꿍이가 있는 건가? 작은오빠 저렇게 큰소리치는 모습은 본 적이 없는데.'

'큰오빠보다 작은오빠가 얼른 성공해서 잘됐으면 좋겠다.'

'큰오빠와 달리 작은오빠는 정이 많아서 성공하면 엄마를 도와줄 수 있을 텐데.'

'그리고 작은오빠가 성공해서 큰오빠 콧대를 팍 꺾어 줬으면 좋겠어.'

평소에도 혜령은 태수가 빌빌대는 모습을 보며 안타까운 마음을 드러낸 적이 많았다. 근데 속마음을 읽어 보니 이유를 알 것 같았다.

매정한 형에 대한 원망이 많은 것이다.

'기다려라, 혜령아. 내가 꼭 그렇게 되도록 해 줄게.'

자신을 보고 싱글벙글 웃는 태수가 이상했는지 혜령이 고개를 갸웃하며 인상을 찡그렸다.

치킨집을 나가는 태수의 등에 대고 엄마가 한 번 더 소리쳤다.

"하여간 사고 치고 다니면 알아서 해!"

태수가 웃으며 말했다.

"걱정 마. 이제부턴 전혀 다른 장태수를 보게 될 테니까."

노인이 말했다.

─어머니 실망시키지 말게.

'그럼요. 열심히 잘 살아야죠, 헤헤.'

그렇게 기분 좋게 치킨집을 나서는 태수의 귀에 날카로운 여자 목소리가 들려왔다.

"대체 언제까지 기다리라는 거예요?"

소리가 들려오는 곳을 돌아보니 건너편 성우빌딩 주차 관리인인 박씨 아저씨와 어떤 여자가 실랑이를 벌이고 있는 모습이 보였다.

태수를 보면 늘 아들 생각난다고 평소 이것저것 잘 챙겨주던 박씨 아저씨다. 그런 아저씨가 여자한테 연신 고개를 숙이는 모습이 보기에 불편해 보였다.

"아저씨, 무슨 일이에요?"

"어, 태수야."

"무슨 일 있어요?"

박씨 아저씨가 피곤한 얼굴로 주차장을 가리켰다.

"어떤 양심 없는 인간이 차를 이렇게 주차를 시켜 놨어. 뒤에 있는 여자분 그랜저가 나가질 못해."

정말로 고급 외제차 한 대가 그랜저의 앞을 떡하니 가로막고 주차시켜 놓은 게 보였다.

"전화번호도 안 적어 놨어요?"

"그랬으면 진작 전화했지."

옆에서 팔짱을 끼고 노려보던 여자가 다시 목청을 높였다.

"무슨 조치를 취해 줘야 할 거 아니에요? 저 지금 30분 넘게 이러고 있거든요?"

박씨 아저씨가 어쩔 줄 몰라 하며 젊은 여자에게 굽신거렸다.

"아이고, 정말 죄송합니다. 제가 방금도 7층까지 돌아다니면서 일일이 확인을 했는데, 아무래도 저희 빌딩에 온 차가 아닌 것 같아서요."

"그건 제가 알 바 아니고. 차를 견인시키든지 부수든지 얼른 조치를 취하라고요. 저 지금 중요한 약속 있는데 잘못되면 아저씨가 책임질 거예요? 예?"

여자가 발을 동동 구르며 소리를 질러 댔다.

여자의 심정은 충분히 이해가 됐다.

하지만 불법 주차라도 힘없는 주차 관리인이 저런 고급 외제차를 함부로 견인시킬 수도 없는 노릇이고. 박씨 아저씨의 얼굴이 10년은 더 늙은 것처럼 허옇게 떠 보였다.

그랜저 차주는 금방이라도 울음을 터뜨릴 분위기.

본네트에 손바닥을 짚고 외제차를 기웃거려 봤지만 전화번호는 어디에도 보이지 않았다.

"대체 어떤 싸가지가 이딴 식으로 주차를 시켜 놓은 거야? 어우. 가만, 이런 때도 사이코메트리를 사용하면?"

태수가 수입차 보닛에 손바닥을 대고 주문을 읊었다.

"사이코메트리."

순간 손바닥에 전류 같은 게 흐르며 눈앞 공기가 흔들렸다.

화르르르륵.

머릿속에 영상이 떠올랐다.

바로 성우빌딩 주차장이었다.

영상 속에서 주차장에 무단 주차한 고급 외제차 차주의 모습이 보였다.

외제차 차주로 보이는 40대 초반의 남자가 차에 기댄 채 누군가에게 전화를 걸고 있었다.

'이게 잔류사념이라는 거네. 저 싸가지가 차주인 모양이고.'

남자가 전화에 대고 고래고래 소리를 질러 냈다.

"씨발, 나오라면 나오라고! 뭐? 싫어? 하아, 이게 진짜 죽을라고. 야, 송현주! 너 이 바닥에서 매장되고 싶어? 닥치고 당장 튀어나와. 내가 지금 너네 오피스텔 건너편 술집에서 기다릴 테니까. 알았어?"

전화를 끊은 남자가 성우빌딩으로 들어갔고 영상은 거기서 흐릿해졌다.

태수가 손바닥을 떼고 여자와 박씨 아저씨를 돌아봤다.

"대체 언제까지 기다리란 말예요!"

그랜저 차주는 점점 히스테릭하게 변해 갔고 박씨 아저씨는 진땀을 뻘뻘 흘리고 있었다.

"미치겠네, 정말! 여기 건물주 불러요, 어서!"

태수가 얼른 박씨 아저씨한테 다가가서 속삭였다.

"아저씨, 저 차 주인 어디 있는지 알 것 같아요."

식은땀을 흘리던 박씨 아저씨의 두 눈이 휘둥그레졌다.

"그게 정말이야? 어디야, 거기가?"

"절 따라오세요."

박씨 아저씨를 데리고 잔류사념 속 차주가 들어갔던 성우빌딩으로 들어갔다.

잔류사념 속 외제차 차주는 분명히 술집에서 기다린다고 했다. 태수가 알기로 성우빌딩의 술집이라면 2층에 있는 주점밖에 없다.

박씨 아저씨가 따라오며 물었다.

"외제차 차주가 확실히 이 건물에 있어?"

"아마 그럴 거예요."

"근데 네가 그걸 어떻게 안다는 거야? 넌 차주 얼굴도 모르잖아."

"얼굴 알아요."

"차주 얼굴을 안다고?"

"아무튼 절 믿고 따라와 보세요."

주점 앞에서 박씨 아저씨를 돌아봤다.

"아저씨, 성우빌딩에 술집은 여기 솔잎주점 하나죠?"

"그렇지. 근데 그건 왜?"

"그럼 여기가 확실할 거예요."

태수가 앞장서서 주점 문을 열고 들어갔다. 테이블마다 칸막이가 설치되어 있어서 한눈에 손님들이 보이질 않았다.

'일일이 살펴보는 수밖에 없겠네.'

태수가 칸막이 너머 테이블을 살피며 지나가는데 한쪽 구석에서 익숙한 목소리가 들렸다.

"너 계속 이런 식으로 나오면 계약 위반이야, 응? 계약 위반이면 어떻게 되는지 알아? 위약금만 계약금의 열 배 배상이야!"

특유의 갈라지는 목소리. 잔류사념 속에서 들었던 바로 그 차주의 목소리였다.

소리가 들린 방향으로 걸어가던 태수의 눈에 영상 속에서 본 남자가 보였다.

'진짜 있다!'

영능력의 효과를 실제로 확인하자 가슴이 두근거렸다.

태수가 다가가서 앞에 서자 남자가 인상을 쓰며 올려다봤다.

"당신 뭐야?"

"5643 차주 되시죠?"

남자의 말투가 그제야 수그러들었다.

"그런데요?"

그러자 뒤에 있던 박씨 아저씨가 앞으로 나와서는 마구 따졌다.

"그런데요라니? 아니, 차에 전화번호도 안 남기고 남의 빌딩에 허락도 없이 주차를 해 놓으면 어쩌라는 거요?"

남자가 대수롭지 않다는 듯 말했다.

"아, 번호가 없었나? 알았어요. 곧 뺄게요."

뻔뻔한 남자의 태도에 박씨 아저씨가 언성을 높였다. 웬만해선 싫은 소리를 하지 않는 박씨 아저씬데 이번엔 단단히 화가 난 모양이었다.

"젊은 사람이 말을 그렇게밖에 못 해? 최소한 사과 정도는 해야 할 거 아냐? 내가 당신 차 때문에 얼마나 곤란을 겪었는지 알아?"

태수도 한마디 거들었다.

"당신 차 때문에 지금 밖에 난리가 났다고요. 그리고 그런 일이 있었으면 사과부터 해야 되는 거 아닙니까? 그쪽 때문에 아저씨가 얼마나 욕을 먹었는지 알아요?"

술집에 있던 다른 사람들도 이쪽을 주시하고 있었다.

남자가 마지못해 일어나서 고개를 숙였다.

"죄송합니다, 지금 뺄게요."

대신 남자는 건너편에 앉아 있는 여자에게 윽박지르듯 말했다.

"내일 또 사무실 안 나오면 알아서 해! 그땐 가만 안 둬. 알았어?"

남자와 박씨 아저씨가 주점을 걸어 나갔다.

남자와 함께 앉아 있던 여자가 황급히 눈물을 훔치며 주점을 나갔다.

여자가 앉아 있던 자리에 휴대폰이 떨어져 있는 게 보였다.

"저기……."

돌아보니 벌써 여자는 보이지 않았다. 어떻게 할지 고민하다가 여자의 휴대폰을 집어 들었다.

휴대폰을 잃어버리고 나간 여자는 태수가 아는 사람이다.

여자는 경호네치킨집 상가 건물에 살고 있다.

여자는 태수의 옥탑방이 있는 옥상에 가끔 올라오곤 했다.

옥상에 올라와 야경을 내려다보며 혼자 캔 맥주를 미시는 모습을 자주 봤다. 일부러 본 건 아니고 옥탑방 창문으로 보면 저절로 보이니까.

어쩌면 저도 모르게 일부러 봤는지도 모른다. 워낙 예뻤으니까.

태수는 여자의 휴대폰을 들고 어떻게 할까 고민했다. 잔류 사념을 읽어 볼까 하는 생각도 들었지만 괜히 남의 사생활을 훔쳐보는 것 같아서 그만뒀다.

머릿속 노인도 늘 자신을 지켜보고 있을 테고, 좋은 영능력을 그런 곳에 사용하고 싶진 않았다.

고민 끝에 태수는 주점 주인한테 휴대폰을 맡겼다.

"방금 나간 여자분 휴대폰인데 아마 다시 찾으러 올 겁니다. 그때 오면 주세요."

"만약 안 오면 어떡하죠?"

"음, 그땐 저한테 연락을 주세요."

주인한테 휴대폰 번호를 남기며 말했다.

"제가 건너편 상가 건물 옥탑방에 사는 사람이거든요."

"예, 알겠습니다."

＊

주변 10킬로미터 이내의 영혼을 탐색합니다.

허공에 문장이 뜨면서 푸른 기운이 허공에 떠 있는 지도를 레이더처럼 훑고 지나갔다.

지도 안에 붉은 점 한 개가 나타나 깜빡거리는 모습이 보였다.

이어서 나타난 문자들.

붉은 점이 깜빡이는 곳에 영혼이 있습니다.

영혼이 보상을 준비하고 있습니다. 영혼의 한을 풀어 주면 보상을 얻을 수가 있습니다.

허공의 문자들을 보는 순간 태수는 저도 모르게 흥분해서 소리쳤다.

"찾았다!"

지나가는 행인들이 이상하게 쳐다봤지만 전혀 신경 쓰이지 않았다.

지난 사흘 동안 영혼탐색을 하며 시내를 샅샅이 뒤지고 다녔지만 영혼을 한 명도 만나지 못했다. 보상을 주는 영혼을 만나기가 생각보다 어렵다는 걸 깨달으면서 마음이 초조해지던 참이었다.

앞으로는 좀 더 효율적으로 영혼을 찾아야겠다는 생각이 들었다.

우선 집 근처 대형 문구점에 가서 커다란 서울 시내 지도를 사서 옥탑방 벽에 붙였다. 주먹구구식이 아니라 제대로 된 규칙을 가지고 영혼탐색을 할 필요가 있었다.

아침부터 밤늦게까지 지하철과 버스를 타고 움직여 보니 하루에 돌 수 있는 지역은 세 개 구 정도였다.

서울이 끝나면 다음으로는 전국 시, 도, 군을 돌아볼 생각이고.

전국을 다 돈 다음엔 다시 처음으로 돌아와 서울에서 다시 탐색을 시작한다. 그럼 그사이에 새로운 영혼이 있을 테니까.

태수는 매직으로 영혼탐색을 거친 지역은 테두리를 칠한 후 날짜를 표시했다. 그래야만 중복되지 않을 테니까.

그런 식으로 로테이션을 돈다면 평생 돈 걱정은 하지 않아도 될 것 같았다. 아니, 기대 이상으로 큰돈을 벌 수 있을지도 몰랐다.

며칠 전 김혜순의 가방을 찾아 준 일만 해도 그렇다. 마음만 먹었다면 4억 원의 보상금을 받을 수도 있었다.

사실 그런 보상금을 포기한 건 양심의 가책도 있었지만 영능력만 있으면 돈은 얼마든지 벌 수 있겠다는 자신감이 있었기 때문이다.

그렇게 계획을 하고 집을 나섰다.

오늘은 관악구와 구로구, 양천구를 돌아보는 코스였다. 영혼이 나타났다는 문자가 뜬 곳은 구로구 쪽이었다.

허공에 영혼에 대한 정보가 떴다.

영혼에 대한 정보를 읽던 태수의 미간이 좁혀졌다.
'헐, 살해당했다고?'
이전에 만난 박형식과 김혜순의 사망 원인은 사고와 질병
이었다. 근데 이번 영혼은 살해당했다고 하니까 왠지 찜찜
했다.
지도를 확대하자 영혼이 머물고 있는 거리 공원의 위치가
표시됐다.
5분이면 도착할 수 있는 거리. 거리 공원으로 가서 주문을
읊었다.
"영혼탐색!"
허공에 지도가 나타나더니 영혼의 위치를 나타내는 붉은
점이 깜빡였다.
알람과 함께 문자가 떴다.
─띠링.

방금 귀기를 접촉했습니다.

고경태의 영혼과 교감을 시도합니다.

접속이 진행 중입니다.

고경태의 영혼이 응답했습니다.

고경태의 영혼을 소환 중입니다.

　살해당한 영혼이라 그런지 이전에 만났던 두 명의 영혼과 다르게 괜히 긴장이 됐다. 그때 등 뒤에서 서늘한 목소리가 들려왔다.

　-날 부른 사람이 누구요?

　태수가 화들짝 놀라 돌아섰다.

　눈앞에 온몸이 피투성이인 영혼이 서 있었다.

　영혼을 보는 순간 모른 척하고 지나갈까라는 생각이 들었다.

　이전에 만난 두 영혼은 살아 있는 사람과 별로 차이가 없었다. 근데 고경태의 영혼은 무척 험악한 모습이었다.

　온몸이 피로 물든 것도 모자라 영혼의 팔뚝에 조폭 영화에서나 보던 문신이 화려하게 그려져 있는 게 아닌가.

　'후우, 살벌하게도 생겼네.'

　아마 현실에서 이런 사람을 만났다면 뒤도 돌아보지 않고 지나쳤겠지만, 눈앞에 있는 존재는 사람이 아닌 영혼. 퇴마사의 영능력을 전수한 자신을 어떻게 할 수는 없을 것이다.

　태수는 가능한 담담하게 보이려고 애쓰며 말했다.

"제가 당신을 불렀습니다. 원한을 풀어 주려고요."

조폭인 것 같아서 겁을 먹었는데, 이어지는 반응은 다른 영혼들과 비슷했다.

－내가 보입니까? 내 목소리가 들립니까?

태수가 자신을 소개한 후에야 고경태의 영혼이 사연을 털 어놓았다.

고경태는 구로동 폭력 조직인 독사파의 행동대장이었다.

독사파는 구로동 인근에서 성인 오락실을 운영하며 위세 를 떨친 폭력 조직이었다.

근데 구의회의원인 박성철이 독사파 두목인 김성휘에게 재개발사업을 벌이는 데 방해가 되는 한상욱이라는 사업가 를 제거해 달라고 부탁했다.

고경태는 두목인 김성휘의 명령을 받고 한상욱을 살해했 다.

근데 경찰이 수사망을 좁혀 오자 박성철 의원과 독사파 두 목 김성휘가 모든 범죄를 자신의 단독 범행으로 덮어씌우려 고 했다.

위험을 느낀 고경태는 박성철 의원이 독사파 두목 김성휘 에게 주기로 한 5억 원과 둘 사이에 거래한 계약서를 훔쳐서 도망쳤다.

뒤늦게 독사파 두목 김성휘가 고경태에게 협상을 하자고 해서 나갔다가 살해당했다는 것.

'헐, 조폭에 구의원까지 연루된 살인 사건이라고?'

그냥 얘기를 듣는 동안에도 긴장이 되고 괜히 몸이 떨렸다.

고경태가 분한 듯 몸을 부르르 떨며 말했다.

—독사파 두목인 김성휘, 그 새끼가 날 죽여서 야산에다 암매장을 했습니다.

야산에 시신을 암매장하다니.

영화나 드라마에서 자주 나오던 장면이다.

"그럼 아직 경찰이 시신도 찾지를 못했다는 건가요?"

—예.

'어떡하지?'

갈등이 일었다.

눈앞의 영혼은 그렇다 쳐도 실제 폭력 조직 두목과 부패한 구의원이 관계된 일이다.

그렇다고 고경태의 시체가 묻혀 있는 장소를 경찰에 알려 줄 수도 없는 노릇이고.

솔직히 요즘엔 사방에 CCTV가 있고 전화는 추적을 당해서 몰래 신고하기도 어렵다고 들었다.

괜히 잘못했다가 경찰에 붙잡히면 답이 없다. 경찰이 시체가 묻힌 장소를 어떻게 알았냐고 추궁하면 귀신이 알려 줬다고 할 수도 없는 노릇이고.

태수는 고민을 거듭하며 입술을 잘근잘근 깨물었다.

자칫하면 살인 사건의 용의자가 될 수도 있는 상황.

게다가 아무리 봐도 금전적인 보상을 받을 수 있을 것 같지가 않았다. 아니, 보상을 준다고 해도 그다지 받고 싶지가 않다. 그 돈도 범죄에 연루된 돈일 가능성이 높을 테니까.

'내가 어쩌다가 이런 일에 말려들었지?'

힐끗 돌아보니 고경태의 영혼이 뚫어지게 태수를 응시하고 있었다.

조폭이라 그런가 영혼이 되어서도 눈빛이 엄청 살벌했다. 웬만해선 그냥 떨어지지 않을 기세.

일단은 고경태가 원하는 게 뭔지 들어 보는 게 먼저일 것 같았다.

"그래서 제가 어떻게 해 주면 되겠습니까?"

고경태가 기다렸다는 듯 열성적으로 대답했다.

─내가 훔친 돈과 둘 사이의 계약서가 든 가방을 숨겨 놓았습니다. 그 가방을 경찰에 갖다주면 됩니다.

"돈 가방요? 정말 그것만 경찰에 갖다주면 됩니까?"

─예. 그 가방 안에 돈과 둘의 범행을 밝혀 줄 계약서가 들어 있기 때문에 그것만 갖다주면 경찰이 알아서 사건을 처리할 겁니다. 제 시신도 찾아 줄 거고.

'걱정했던 것보다 위험은 일은 아니네.'

그 정도 일이라면 충분히 할 수 있다. 게다가 유실물을 신고하는 거니까 유실물 습득에 대한 보상금을 받을 수도 있다.

'금전적인 보상이라는 게 이걸 말한 모양이네. 지난번 보육원에 전달한 돈 가방과 달리 이번엔 받을 수 있는 만큼 최대한 많은 보상을 받아야지. 어차피 범죄에 사용된 돈인데 뭐.'

유실물 법에 의하면 습득자에게 100분의 5에서 최대 100분의 20까지 습득자에게 지급하도록 했다. 5억 원의 100분의 20이면 1억 원이다.

'돈이 얼마나 있으려나?'

조폭과 구의원이 사람을 죽이면서까지 거래를 한, 적지 않은 금액이기에.

태수의 심장이 다시 조금씩 달아오르기 시작했다.

"알았습니다. 돈 가방은 어디에 있어요?"

―날 따라와요.

고경태의 영혼이 먼저 앞장을 섰고 태수가 뒤를 따라갔다. 고경태의 영혼이 태수를 데려간 곳은 인근에 있는 공원.

늦은 시간이라 공원에는 다행히 사람이 별로 없었다.

고경태의 영혼이 공원의 후미진 곳으로 미끄러지듯 걸어갔다. 사람들의 발길이 거의 닿지 않는 후미진 곳에서 영혼이 멈춰 섰다.

고경태가 구석에 나뭇잎이 쌓인 곳을 가리키며 말했다.

―저 속에 가방이 있습니다.

태수가 나뭇잎을 들췄다.

'있다!'

고경태의 말대로 정말 가방이 나타났다. 스포츠 백처럼 생긴 큰 가방이었다.

가방을 들어 올리는데 엄청난 무게가 느껴졌다.

이 가방 때문에 사람이 둘이나 죽었다는 생각을 하니 괜히 오싹해졌다.

가방을 열었다. 가방 안에 고경태의 말처럼 5만 원 현금다발이 가득 들어 있었다.

'이게 다 얼마야?'

고경태의 영혼이 태수를 가만히 노려보고 있었다. 혹시라도 딴마음을 먹고 돈 가방을 가지고 달아날까 봐 걱정하는 눈치.

괜히 의심받지 말고 어서 신고하는 게 마음이 편할 것 같은 생각이 들었다.

태수는 벌렁거리는 심장을 진정시키며 112에 전화를 걸어 경찰에 신고했다.

경찰을 기다리는 동안 혹시라도 조직폭력배들이 들이닥치는 게 아닌지 계속 주위를 살폈다.

영화나 드라마를 보면 경찰에 조폭과 내통하는 형사들이 있어서 미리 연락을 주는 경우도 많지 않은가.

다행히 그런 일은 일어나지 않았다.

신고를 하고 10분쯤 지났을 때 경찰이 나타나 가방을 회수했다.

처음엔 그저 단순 유실물로 생각했던 경찰들이 가방 안의 내용물을 보고는 분위기가 바뀌었다.

전화통이 바쁘게 울렸고 형사들이 급하게 이리저리 뛰기 시작했다. 누가 봐도 긴박하게 돌아가는 상황이었다.

조직폭력배와 정치인이 연루된 사건이라 경찰들도 결정적인 단서를 발견해 흥분한 모양이었다.

지금까지 살면서 경찰서는 한번 와 본 적이 있지만 강력반은 처음이어서 괜히 주눅이 들었다.

태수는 조사 과정에서 우연히 가방을 발견했다는 식으로 적당히 둘러댔다.

그러자 조서를 작성하던 형사가 날카로운 눈빛으로 태수를 바라봤다.

마치 태수가 거짓말을 한다는 걸 다 알고 있다는 그런 눈빛. 괜히 목소리가 떨려 나오고 형사를 똑바로 바라보기가 힘들었다.

범죄자들은 형사들의 눈을 똑바로 바라보지 못한다고 하더니 이유를 알 것 같았다.

형사가 날카롭게 물었다.

"근데 공원에서 그 구석까지 뭐 하러 간 겁니까?"

갑자기 훅하고 질문이 들어오니까 갑자기 말문이 턱 막혔다.

태수는 처음에 공원을 거닐다가 구석에서 불룩하게 생긴

나뭇잎 더미를 봤다고 둘러댔다. 나뭇잎 더미가 이상해서 다가가서 봤더니 가방이 있었다고.

근데 형사는 태수가 우연히 공원 구석에 갔다는 말을 의심하고 있는 것 같았다.

'어떡하지?'

자꾸만 손바닥에 땀이 차오르고 정말 범죄를 지은 것처럼 긴장이 됐다. 자칫하면 진짜 의심을 받을 수도 있겠다는 생각이 들자 마음이 더 초조해졌다.

머릿속에서 오랜만에 노인의 목소리가 들려왔다.

─긴장하지 말고 차분하게 생각을 하게. 그리고 사이코메트리를 사용해서 형사의 마음속 생각을 알아보도록 해.

'감사합니다, 어르신.'

노인의 목소리를 듣는 것만으로도 이상하게 긴장이 풀리고 여유가 생겼다.

노인의 말대로 형사의 마음을 알고 나면 대처가 훨씬 편할 것 같았다.

태수가 손바닥을 형사를 향해 펼치고는 마음속으로 주문을 읊었다.

'사이코메트리.'

화르르르륵.

눈앞 공기가 흔들리며 형사의 마음속 생각이 머릿속에서 울렸다.

'저녁에 뭘 잘못 먹었나? 또 화장실이 가고 싶네.'
'으으으, 배 아파. 잘못하다가 지리겠네.'

형사의 생각을 읽은 태수는 하마터면 헛웃음을 흘릴 뻔했다. 형사의 눈빛이 날카롭고 표정이 신경질적으로 보인 이유가 너무 엉뚱했으니까.

형사가 초조하게 다시 물었다. 빨리 조서를 끝내고 화장실로 달려가고 싶은 것이다.

"공원 그 구석까지 뭐 하러 갔냐고요?"

태수도 재빨리 대답했다.

"사실은 갑자기 화장실이 너무 급해서요."

형사의 얼굴에 화색이 돌았다. 충분히 이해한다는 표정.

"아, 화장실."

"예. 거기 공원에 화장실이 잘 안 보이더라고요."

"그렇죠. 생리작용은 어쩔 수가 없죠. 알겠습니다, 장태수 씨, 지금까지 수고하셨습니다. 혹시 추후에 연락드리면 협조 좀 해 주십시오."

"아, 예, 당연히 그래야죠."

"자, 그럼 들어가세요."

말을 끝낸 형사가 서둘러 발길을 옮기는 순간 태수가 물었다.

"유실물 습득하면 보상금 주지 않나요? 저는 얼마나 받을

퇴마하는
톱스타

수 있을까요?"

화장실을 가려던 형사의 표정이 일그러졌다.

태수가 찔끔하며 속으로 중얼거렸다.

'미안해요, 흐흐.'

형사가 빠른 속도로 말했다.

"그게 말이죠. 가방이 범죄와 직접적으로 관련이 된 경우에는 유실물법이 아니라 형법 제48조 임의적 몰수 규정을 적용받을 겁니다."

"예? 몰수요? 그럼 어떻게 되는데요?"

"만약 그렇게 되면 습득된 금액을 전액 몰수를 하니까 유실물법상의 보상은 받기가 어려울 거예요."

순간 머리에서 쥐가 났다.

'제기랄, 뭐야!'

"그게 정말인가요?"

잔뜩 기대를 하고 있었기에 실망도 그만큼 컸다. 눈앞에서 몇천만 원이 날아간 것과 같으니까.

"예, 아마 그럴 거예요. 그럼."

화장실을 가려던 형사가 돌아서서 말했다.

"아참, 독사파 두목 김성휘한테 현상금 5백만 원이 걸려 있어요. 만약 그놈을 잡게 되면 현상금은 지급이 될 겁니다."

이건 또 생각지도 못한 수입이다.

"아예, 알겠습니다."

태수가 힘차게 대답하자 형사는 거의 달리듯 사무실을 빠져나갔다.

'5백만 원이라…….'

큰돈을 놓쳐서 아쉽긴 했지만 5백만 원도 결코 적은 돈은 아니다. 아니, 엄청 큰돈이라고 할 수 있다. 불과 며칠 사이에 태수의 눈높이가 달라져서 그리 큰돈으로 느껴지지 않을 뿐.

경찰서를 나오는데 휴대폰 알림 앱이 떴다.

태수의 통장에 3백만 원이 입금됐다는 알림.

들어가서 확인해 보니 박형식 이름으로 입금된 돈이었다. 박형식의 아내가 보상금을 입금한 모양.

곧이어 박형식의 아내한테서 문자가 왔다.

> 장태수 씨 덕분에 뺑소니범도 잡고 보상금도 받을 수가 있게 됐네요. 정말 감사합니다. 복 받으실 거예요^^

돈도 벌고 좋은 일도 하고.

영혼을 찾으러 다니는 일이 은근 중독성이 있었다. 마치 낚시를 할 때처럼 뭐가 나올지 알 수가 없으니까.

통장 잔액을 확인해 보니 1,310만 원.

조금 전 조폭 사건이 해결되어 현상금까지 받는다면 5백만 원이 추가로 입금된다. 그럼 잔액이 자그마치 1,810만 원.

퇴마하는 톱스타

지금까지 살면서 태수의 통장에 그런 거금이 들어 있던 적은 한 번도 없었다. 그것도 불과 일주일 남짓한 시간에 2천만 원 가까운 돈을 번 셈이다.

집으로 돌아오는 동안 내내 앞으로 벌 수 있는 돈과 그 돈으로 뭘 할지 상상하느라 발걸음이 반쯤 허공에 떠서 왔다.

상가 건물로 돌아왔을 땐 밤 10시가 넘어 있었다.

경호네치킨에는 아직도 불이 켜져 있었다. 치킨집은 밤 12시가 넘어야만 문을 닫는다.

지금 기분으로는 곧장 치킨집에 들어가서 엄마한테 통장을 보여 주고 싶은 충동이 솟구쳤다.

'이 돈으로 빚 갚아. 앞으론 내가 돈 잘 벌어 올 테니까 엄마도 치킨집 그만하고 좀 쉬어.'

혜령이한테는 지금이라도 공부해서 대학 갈 준비하라는 말도 해 주고 싶었다.

마음은 굴뚝같았지만 섣불리 충동적으로 행동하는 건 금물이다.

엄마는 분명 어디서 생긴 돈이냐고 꼬치꼬치 캐물을 것이다. 형사보다 더 집요한 엄마를 속이는 건 불가능하다.

그렇다고 아무런 계획도 없이 영능력에 대해 고백하는 건 좀 아닌 것 같고.

일단은 좀 더 돈을 모으고 사업을 하든 취직을 하든 좀 더 안정적인 상황에서 얘기를 하는 게 나을 것 같은 생각이 들었다.

'5천만 원이 넘으면 얘기를 할까? 아니면 1억?'

어느 쪽이든 행복한 고민이다.

일단 이번 학기에는 학교로 복학을 하고 싶었다. 비록 허접한 학교지만 같이 글에 대해 얘기할 수 있는 동기들과 동생들이 있고 캠퍼스 생활도 마음껏 즐기고 싶었다.

예전에는 알바하면서 학교를 다니느라 제대로 캠퍼스 생활을 느낄 겨를조차 없었다. 이번에 복학하면 좀 더 여유 있게 학교를 다니고 글도 마음껏 쓸 작정이었다.

그저 상상을 하는 것만으로도 입꼬리가 올라갔다.

태수가 옥상으로 가려고 엘리베이터를 탔다. 엘리베이터 문이 막 닫히는데 누군가 소리쳤다.

"같이 갑시다!"

태수가 급히 열림 버튼을 눌렀다. 얼굴이 익은 50대 남자가 비틀거리며 엘리베이터 안으로 들어왔다.

"고맙습니다."

인사를 하는 남자의 입에서 술 냄새가 풍겼다.

'이 사람이 누구더라?'

남자는 뭔가 속상한 일이 있는지 표정이 어두웠다.

남자가 8층 버튼을 누르려다가 손을 거뒀다. 8층은 옥상으로 통하는 문이 있어서 태수가 이미 눌러 놨던 것이다.

남자가 태수를 돌아보고는 웃으며 말했다.

"이제 보니 옥탑방 사는 청년이구먼."

그제야 태수는 남자가 누군지 기억해 냈다. 바로 이 상가의 건물주 윤기중이었다.

태수가 얼른 인사를 했다.

"예, 안녕하세요?"

세입자 입장에서 건물주는 늘 갑의 위치니까. 게다가 1층에서 치킨집을 하는 엄마도 있으니 괜히 잘 보여야만 될 것 같은 생각이 들었다.

"약주를 많이 하셨나 보네요."

윤기중이 힘없이 고개를 주억거리며 말했다.

"그렇게 됐네요. 사는 게 재미가 없어서."

"이렇게 큰 건물도 가지고 계신데 왜?"

말을 꺼내곤 괜한 질문을 했다는 생각이 들었다. 남자가 허탈하게 웃더니 물었다.

"요즘 치킨집은 잘됩니까?"

"예, 덕분에 잘하고 있습니다."

"다행이네요."

다른 상가에 비해 비교적 세도 저렴한 편이고 딱히 갑질을 하지도 않아서 평판이 좋은 건물주였다. 엄마도 좋은 사람이라고 몇 번이나 말했을 정도니까.

8층엔 옥상으로 통하는 문과 함께 건물주가 살고 있기도 하다.

8층에서 엘리베이터 문이 열렸다.

윤기중이 손을 흔들며 내렸고 태수는 고개를 꾸벅 숙였다.

'이런 큰 건물을 가지고 있는데 무슨 걱정이 있어서 저렇게 얼굴에 수심이 가득하지? 나 같으면 맨날 꿈처럼 살 것 같은데.'

태수가 옥상으로 나가는 문을 열었다.

옥상으로 들어서던 태수가 제자리에 멈칫했다. 옥상에 먼저 올라와 있는 사람이 있었던 것이다.

평상에 앉아 있던 여자가 태수를 알아보고는 자리에서 일어났다.

'어? 저 여자는?'

그저께 주점에서 태수가 휴대폰을 주워서 맡겨 놨던 그 여자였다. 휴대폰은 잘 돌려받았는지 궁금했다. 그렇다고 알은체할 용기는 없고.

태수가 여자를 지나쳐서 옥탑방 쪽으로 걸어가는데 여자가 인사를 했다.

"안녕하세요?"

태수도 고개를 돌려 여자를 보고 인사했다.

"예, 안녕하세요."

여자의 눈빛을 마주하는데 태수의 심장이 쫄깃해졌다.

'우씨, 가까이서 보니까 더럽게 예쁘네.'

커다랗고 맑은 눈망울과 오똑한 콧날, 고혹적인 입술.

평소에 마주쳐도 얼굴을 자세히 본 적이 없어서 이 정도로 예쁜 줄은 몰랐다.

일반인의 분위기는 아니고 거의 연예인 삘.

여자가 웃으며 말했다.

"술집에서 휴대폰 찾아서 맡긴 분 맞으시죠? 옥탑방에 사는 분이라고 했다던데."

"아, 예, 맞습니다."

"감사했어요."

"아, 예."

"처음에 잃어버린 줄 알고 얼마나 놀랐는지 몰라요."

"휴대폰 잃어버리면 골치 아프죠."

여자가 아직도 아찔하다는 듯 어깨를 움츠리며 말했다.

"만약 나쁜 사람이 가져갔으면 정말 끔찍했을 거예요. 그안에 별의별 게 다 있거든요."

"그렇죠. 요즘은 휴대폰에 온갖 정보들이 다 있으니까."

잠시 어색한 침묵이 이어졌다.

이번에도 여자가 먼저 물었다.

"여기 사시나 봐요?"

"예, 저기 옥탑방에."

여자가 옥탑방을 돌아보고는 말했다.

"그래서 자주 마주쳤구나. 그렇죠?"

여자의 말처럼 둘은 자주 마주쳤다. 건물 엘리베이터에서도 마주쳤고 치킨집에서도 마주쳤다. 여자가 치킨을 사러 몇 번 들른 적이 있기 때문이다.

"아, 예. 몇 번 마주쳤죠."

"전 6층에 살아요. 같은 건물 주민인데 서로 인사나 해요. 전 송현주예요."

잔류사념 속에서 남자가 통화하며 송현주 어쩌고 했던 게 기억이 났다.

"장태수라고 합니다."

태수도 고개를 까딱하고 인사를 했다.

"좋겠다."

"뭐가요?"

"저도 옛날부터 옥탑방 살아 보는 게 소원이었거든요."

"그럼 살면 되죠. 별로 비싸지도 않은데."

송현주가 고개를 흔들었다.

"살고는 싶은데 옥탑방에 여자 혼자 살긴 좀 그렇잖아요."

하긴, 아무리 좋아도 여자 혼자 옥탑방에 사는 건 어려울 것이다. 옥상은 아무나 올라와서 머물다 가는 공간이니까. 어떤 미친놈이 들이닥칠지도 모르고.

"치킨집에서는 알바하는 거예요?"

"아…… 거기 저희 엄마가 하는 치킨집이에요. 전 배달 일 돕고 있고."

"그렇구나."

예전엔 다른 사람한테 치킨집에서 배달한다는 말을 하는 게 창피했다. 근데 지금은 전혀 그런 기분이 들지 않았다. 든든하게 믿는 구석이 있었으니까.

"혹시 소설 쓰세요?"

생각지도 못한 송현주의 질문에 태수가 눈을 휘둥그레 떴다.

"어? 그걸 어떻게 알아요?"

"우연히 태수 씨가 길에서 전화 통화하는 걸 들었거든요. 막 소설 얘기하는 것 같던데."

"제가요?"

"네."

"이상하네. 전화로 그런 얘기한 기억이 없는데."

정말로 기억이 나지 않았다.

'내가 누구하고 소설 얘기를 했다는 거지? 그럴 만한 사람이 없는데?'

자신도 모르는 일을 기억하고 있는 송현주가 신기했다.

"혹시 어떤 내용이었는지 기억하세요?"

"음, 확실하지는 않지만 상대방한테 내 소설 제대로 읽어보기나 하고 혹평을 하는 거냐면서 막 화를 내던데."

"아……!"

그제야 송현주가 무슨 얘기를 하는지 알 것 같았다.

일주일 전인가.

길에서 중학교 동창인 명호하고 통화하는 걸 들은 모양이었다.

명호는 중학교 때 태수의 단짝 친구였다. 당시 명호의 꿈은 영화감독이었고 태수의 꿈은 소설가였다.

명호는 태수가 소설을 쓰면 자신이 그 소설을 원작으로 영화로 만들어 주겠다고 약속했다.

태수가 대학에 들어가 미스터리클럽을 만들고 소설을 영화로 만들어 보겠다는 생각을 한 것도 당시의 기억 때문이었고.

중학교 졸업 후 명호는 명문대인 한강대학교 연영과에 진학해서 영화연출을 전공했고, 태수는 고등학교를 자퇴했다.

이후 소식이 뜸하다가 중학교 동창들이 만든 단톡방에서 오랜만에 명호 소식을 들었다.

대학 3학년인 명호가 연출한 독립영화 〈꿈속에서〉가 해외 영화제에서 상을 받았다는 소식.

그 소식은 금방 여러 언론에서도 꽤 비중 있게 다뤄졌고 기사를 통해 명호의 인터뷰도 접할 수가 있었다.

그 소식을 들었을 때 태수는 얼마나 기뻤는지 모른다.

한때 자신과 같은 꿈을 꾸던 친구가 그런 대단한 상을 받다니. 마치 자신이 상을 받은 것처럼 신기하고 자랑스러웠던 것이다.

태수는 반가운 마음에 그런 명호에게 소설에 대한 감상을 듣고 싶었다. 명호가 상을 받은 영화가 다름 아닌 미스터리 판타지 장르였기 때문.

명호에게 모처럼 연락을 하던 날은 괜히 긴장이 될 정도.

그날 통화는 무척 짧게 끝났다. 명호가 영화제작사와 미팅 중이라며 소설은 틈나는 대로 읽고 감상을 말해 주겠다고 했다.

하지만 한 달이 지나도록 명호의 전화는 오지 않았다.

물론 명호가 몹시 바쁠 것이란 생각에 서운한 마음은 들지 않았다. 그래도 소설에 대한 감상이 너무 궁금해서 먼저 전화를 했다.

전화를 받은 명호가 다짜고짜 이렇게 말했다.

-대충 봤는데 구조가 너무 복잡해. 미스터리는 무조건 꼬기만 하면 된다고 생각하면 착각이지. 미스터리 아무나 쓸 수 있는 게 아니거든. 넌 미스터리의 기본조차 모르고 있어

마치 어린 학생에게 말하듯 설교 조로 말을 늘어놓았던 명호.

명호는 소설하고는 직접적인 관련도 없는 미스터리 이론에 대해 강의하듯 늘어놓았다. 말투와 어감에는 교만과 허세가 가득했다.

물론 정당한 비평이라면 얼마든지 받아들일 수 있다.

단언컨대 명호는 자신의 소설을 제대로 읽지 않았다는 확신이 들었다. 명호의 말과 달리 태수의 소설은 구조가 너무 단순해서 문제였던 것이다.

귀찮으니까 소설을 대충 읽고 엉뚱한 소리를 늘어놓은 것이다. 게다가 더 참을 수 없었던 건 태수를 대놓고 무시하는 말들이었다.

—예술 아무나 하는 거 아니다. 예전부터 보면 넌 이쪽으로 자질이 없어. 괜히 헛바람 들지 말고 다른 길을 찾아.

태수도 더 이상 듣고 있을 수가 없었다.

—너 내 소설 제대로 읽긴 읽었어? 안 읽었지? 솔직히 얘기해 봐.
—후우, 글을 꼭 끝까지 봐야 알 수 있냐? 앞으로는 수준이 되면 보내, 친구라고 막 함부로 부탁하지 말고. 나 예전의 이명호 아냐. 한가하게 네가 취미로 쓴 글이나 읽고 있을 시간 없다고.

결국 태수가 폭발해서 화를 내고 전화를 끊었다. 그날의 씁쓸한 기억과 상처입은 자존심은 아마 평생 잊히지 않을 것 같았다.

출세하면 사람이 변한다더니, 설마 명호가 그렇게 변할 줄은 몰랐다.

그때 너무 화가 나서 휴대폰에 대고 미친놈처럼 고래고래 고함을 질렀다. 지나가는 사람들이 쳐다볼 정도였으니까.

만약 송현주도 근처에 있었으면 당연히 봤을 것이다.

하필이면 그런 모습을 보다니.

내용을 모른 채 통화 내용만 들었다면 자신을 엄청 찌질하게 생각하지 않았을까.

송현주가 눈을 반짝이며 물었다.

"혹시 책으로 나온 소설 있어요?"

태수가 황급히 손을 내저었다.

"아, 그런 거 아니에요. 저 아직 데뷔도 못 했고 아마추어 작가예요."

태수가 분위기를 바꾸려고 송현주에게 물었다.

"참, 그때 그 사람은 누구예요? 그 주점에서……."

"누구? 아, 박 대표요?"

"예."

"혹시 BA엔터테인먼트라고 들어 봤어요?"

"BA엔터? 글쎄 들어 본 것 같기도 하고."

"요즘 한창 뜨는 걸 그룹 있잖아요. 핑크레벨이라고."

"어? 핑크레벨? 알죠. 엄청 노래도 잘하고 상큼한……."

태수는 저도 모르게 얼굴에 하나 가득 아재 미소를 지었다.

송현주가 그런 태수의 표정을 보며 웃었다.

"역시 남자들은, 쿡. 그때 그 사람이 핑크레벨 소속사인 BA엔터 박진성 대표예요."

"정말요?"

연예계를 잘 모르는 태수도 BA엔터테인먼트는 들어 본 기억이 있을 정도니 상당히 규모가 있는 회사인 모양.

게다가 요즘 가장 잘나가는 걸 그룹 중 하나인 핑크레벨의 소속사라면 더더욱.

"그런 큰 기획사 대표가 왜 그렇게 깡패처럼 행동한대요?"

"그 사람이 옛날에 잠깐 조직 생활을 했다는 소문이 있어요."

연예계 쪽에 아직도 그런 사람들이 있다니 의외였다.

"그럼 그쪽은 아이돌 연습생?"

"아뇨, 저는 배우 지망생이에요."

"아."

하긴 딱 봐도 가수 쪽보다는 배우 분위기에 가깝다.

그때 송현주의 휴대폰이 울렸다.

띠리리링.

송현주가 상대를 확인하고는 말했다.

"오늘 반가웠어요. 가끔 옥상에 올라와서 얘기해도 돼요?"

"네, 얼마든지."

송현주가 인사를 까딱했고 태수도 마주 인사를 했다.

송현주가 옥상 문으로 걸어가면서 전화를 받는 소리가 들려왔다.

"네, 대표님. 아, 아니에요. 그날은 정말 죄송했어요. 네, 네."

휴대폰을 받는 폼이 BA엔터 대표라는 인간한테 걸려 온 전화인 모양.

송현주가 옥상을 내려가자 문득 호기심이 생겼다.

'송현주는 날 어떻게 생각했을까?'

물론 부질없는 호기심이다. 배우 지망생인 송현주가 치킨집 아들에 대학도 제대로 다니지 못한 자신에게 별다른 감정을 가졌을 리도 없고.

단지 송현주는 휴대폰을 찾아 준 것에 대한 고마움을 전하러 올라온 것이다.

사실 태수 자신도 송현주에게 특별한 감정이 있는 건 아니다.

그럼에도 불구하고 사람의 마음이 어디 그런가.

태수는 밤만 되면 피가 끓는 청춘이다. 이성에 대해 호기심을 갖는 건 당연하다. 게다가 그 상대가 송현주라면 더더욱.

어떤 남자든 태수처럼 상대의 마음을 읽을 수 있는 능력이 있다면 당연히 가질 법한 호기심이 아닐까.

태수는 송현주가 앉아 있던 자리에 손바닥을 대고 눈을 감았다.

"사이코메트리."

화르르르륵.

첫 번째 퇴마행

공기가 흔들리며 송현주의 얼굴이 떠올랐다. 이어서 그녀의 머릿속 생각들이 소리로 들려왔다.

'이 사람 꽤 쿨하네?'

'보통 다른 남자들은 내가 말을 걸면 어떤 식으로든 엮으려고 안달인데 느끼한 표정도 없고 나보다 말이 더 짧잖아.'

'하긴, 휴대폰으로 장난치지 않은 것만 봐도 이상한 사람은 아니라는 걸 알 수가 있지. 보통의 남자라면 틀림없이 휴대폰을 가지고 있다가 직접 연락했거나 그걸 명분으로 어떻게든 엮어 보려고 했을 텐데.'

'쳇, 너무 덤덤하니까 살짝 자존심이 상하는데? 뭐야, 나도 나름 연예인인데.'

송현주가 태수와 함께 있는 동안 떠올렸던 생각들이 하나씩 소리로 들려왔다.

　송현주의 잔류사념을 읽은 태수는 저도 모르게 히죽 웃었다.

　혹시라도 자신을 무시하거나 조롱하는 마음을 가지고 있으면 어쩌나 걱정했다. 근데 송현주는 오히려 자신에게 기대 이상의 호감을 품고 있었다.

　태수는 아직까지 연애 경험이 없어서 여자들의 심리를 잘 몰랐다.

　송현주를 무덤덤하게 대할 수 있었던 것도 마음에 들지 않아서가 아니라 너무 예뻤기 때문이다.

　자신하고는 다른 나라에 사는 여자 같아서 감정의 동요가 없었다. 마치 텔레비전에 나오는 연예인을 보며 덤덤한 느낌이랄까.

　덕분에 적당한 거리감이 느껴졌고 담담하게 대할 수가 있었던 것인데 그런 태도가 오히려 호감으로 작용할 줄이야.

　그때 알림과 함께 문자가 떴다.

　―띠링.

　현재 귀기 보유량이 9퍼센트입니다. 귀기가 보유량이 5퍼센트 아래로 내려가면 사이코메트리를 사용하는 데 제한이 생깁니다. 귀기를 확보하세요.

태수가 눈을 동그랗게 떴다.

'뭐야? 귀기를 확보하라고? 귀기가 뭐야?'

모처럼 노인의 목소리가 들려왔다.

－귀기는 퇴마를 통해 얻을 수 있는 귀신의 에너지 같은 걸세.

'귀신의 에너지요? 그걸 어디서 얻어요?'

－귀기는 사람들을 괴롭히는 악귀들한테 많아. 그들은 귀기라는 강력한 에너지를 통해 물리력을 발휘하기도 하고 사람의 몸에 빙의되기도 하거든.

물리력이라면 영화에서 귀신이 물건이나 사람을 집어 던지고 날려 버리는 걸 말하는 게 아니던가.

어쩐지 모든 게 너무 쉽다 싶었다.

처음에 노인한테 퇴마사의 영능력을 전수받았다고 했을 때 살짝 예상은 했다. 퇴마사니까 퇴마를 하지 않을까. 퇴마사가 퇴마는 하지 않고 돈만 벌면 뭔가 잘못된 거지.

그런 태수의 마음을 읽은 듯 노인이 말했다.

－너무 심각하게 생각하지 말게. 퇴마라고 대단한 건 아니니까. 굳이 퇴마가 싫으면 하지 않아도 돼. 대신 영능력은 사용할 수가 없겠지.

'아니에요. 하겠어요.'

이미 영능력의 달콤한 맛을 봤는데 여기서 포기힐 리가 있겠는가. 정말 힘든 일이 아니라면 포기할 이유가 없다.

하지만 문제가 있다. 태수 자신은 퇴마 소설을 몇 권 읽은 것 외에는 퇴마에 대해 아는 게 하나도 없다.

'전 퇴마에 대해 아는 게 하나도 없는데 어떻게 퇴마를 하죠?'

―그건 걱정하지 말게. 퇴마사의 영능력을 전수받은 이상 그때그때 필요한 정보는 자동으로 떠오를 테니까.

'예?'

―만약 정보 외에 필요한 일이 있으면 내가 알아서 도와줄 테고.

'그럼 악귀는 어디 가서 찾나요?'

―아주 가까운 곳에 악귀의 기운이 있더군.

'가까운 곳요?'

―자네가 조금 전 옥상에 올라올 때 엘리베이터에서 만났던 사람 기억나나?

태수가 옥상에 올라올 때 엘리베이터에서 만났던 사람은 건물주 윤기중밖에 없다.

'엘리베이터에서 술에 취해 있던 사람요?'

―그래.

'그 사람이 왜요? 설마 그 사람이 악귀?'

―그게 아니라 그 사람한테서 귀기가 느껴지더군. 그 말은 곧

그 사람 주위에 악귀가 있다는 방증일세.

현실에 악귀가 있다는 말을 들으니 살짝 오싹한 기분이 들긴 했다.

태수는 엘리베이터에서 만났던 윤기중의 얼굴을 떠올렸다. 술에 취해서 얼굴에 수심이 가득하던 얼굴. 그럼 표정이 어두웠던 게 악귀 때문이라는 말인가.

'확실한가요?'

―날 의심하지 말게.

'딱히 의심해서가 아니라……'

하긴 뭐 하나 부러울 게 없을 것 같은 건물주가 그토록 괴로워하는 걸 보면 말 못 할 사정이 있을 수도 있겠단 생각이 들었다.

태수는 고민 끝에 윤기중의 마음을 읽어 보기로 했다. 윤기중의 잔류사념을 읽어 보면 뭐든 단서가 될 만한 것들을 얻을 수 있을 것 같은 생각이 들었다.

'윤기중의 잔류사념이 가장 많이 남아 있는 곳이 어디일까.'

가장 먼저 떠오르는 장소는 엘리베이터.

태수는 옥탑방을 나서서 옥상 문을 열고 8층으로 들어갔다. 엘리베이터가 1층에 멈춰 있어서 호출 버튼을 눌렀다.

엘리베이터가 8층에 도착해서 문이 열렸다. 엘리베이터에 타자 아직도 윤기중의 술 냄새가 흐릿하게 남아 있었다. 이 정도면 잔류사념을 읽기에 충분할 것 같았다.

태수는 엘리베이터 바닥에 손바닥을 펴서 갖다 대고 잔류 사념을 읽었다.

'사이코메트리.'

화르르르륵.

조금 전 엘리베이터에서 윤기중의 잔류사념들이 소리가 되어 머릿속에서 울렸다.

하지만 잔류사념이 약한지 소리가 잘 들리지 않았다.

태수는 손바닥을 이리저리 움직여서 잔류사념이 좀 더 강하게 남은 곳을 찾아다녔다.

한 곳에서 다른 곳보다 강한 잔류사념이 감지가 됐다.

그곳은 엘리베이터 버튼이었다. 버튼 중에서도 8층을 누르는 버튼.

윤기중은 아들과 단둘이 8층에 살고 있다. 아들은 학교를 다니는지 통 얼굴을 볼 수가 없고. 따라서 8층 버튼을 가장 많이 누르는 사람은 8층에 사는 윤기중과 옥탑방에 사는 태수 자신이었다.

태수가 8층 버튼에 손바닥을 대고 최근의 잔류사념을 읽었다.

흐릿하던 윤기중의 목소리가 또렷하게 머릿속에서 울려 퍼졌다.

'흑흑, 불쌍한 내 아들 언제나 일어날 수 있으려나.'

'돈이 아무리 많으면 뭐 하나? 물려줄 자식이 저렇게 아픈데.'

'누가 내 아들을 고쳐 주기만 한다면 뭐든 해 줄 텐데.'

'이 청년은 비록 옥탑방에 살아도 이렇게 건강하니 얼마나 좋을까.'

태수가 버튼에서 손을 뗐다.

윤기중의 마지막 사념은 태수 자신을 두고 했던 생각인 듯했다.

'아들 건강에 문제가 있는 모양이네. 근데 그게 악귀하고 관련이 있을까?'

그러고 보니 언젠가 엄마가 건물 주인에 대해 얘기를 들려준 기억이 났다.

건물주가 아들 때문에 마음고생이 무척 심하다고.

❧

치킨집 문을 열고 들어갔다. 테이블을 닦고 있던 혜령이 돌아보고 물었다.

"오빠 웬일이야, 이렇게 일찍?"

주방에서 장사 준비를 하던 엄마도 혜령의 소리에 홀로 나왔다. 보나 마나 태수에게 잔소리를 하려는 것이다.

예상대로 엄마의 폭풍 잔소리가 쏟아졌다.

"대체 넌 요즘 하루 종일 뭘 하고 돌아다니는 거야? 어디 출근하는 것 같지도 않고."

"너 어떡하려고 그래?"

"혹시 요즘 연애하니? 여친 생겼어?"

"그제는 새벽 늦게까지 안 들어왔던데?"

엄마가 옥탑방에 올라와서 감시를 하고 내려간 모양.

규칙적으로 출근을 하는 것도 아니고. 그렇다고 집에 붙어 있는 것도 아니고.

엄마 입장에서는 도무지 마음이 놓이지 않았을 것이다.

예전에는 엄마가 그렇게 잔소리하면 버럭 짜증부터 냈다.

하지만 지금은 그런 엄마의 잔소리를 들어도 별로 짜증이 나지 않았다.

"엄마, 나 이제 진짜 신경 안 써도 돼. 내가 알아서 잘한다고."

"또 큰소리. 세상이 네 생각처럼 그렇게 쉬운 줄 알아?"

"세상 쉽게 하는 거 아니고, 내가 진짜 적성에 맞는 일 찾았다니까."

"적성에 맞는 일?"

"응, 평생 할 수 있는 일."

엄마가 미심쩍게 태수를 노려보다가 물었다.

"그 일이 뭔데?"

"나중에 얘기해 줄게."

엄마가 다시 잔소리를 하려는 순간 태수가 얼른 말했다.

"진짜 이상한 일 하는 거 아냐. 제발 아들 말 좀 믿어 봐."

뭐라고 설명을 할 수가 없으니 마음이 답답했다.

이런 엄마한테 통장에 있는 돈을 보여 줬다간 더 의심을 살 게 뻔했다.

돈이 있어도 있다고 말하지 못하는 안타까움이란.

태수가 짜증 대신 진지하게 말을 하자 엄마도 살짝 당황한 표정.

그 순간을 놓치지 않고 태수가 얼른 화제를 돌렸다.

"엄마 있잖아, 뭐 좀 물어볼게."

"뭔데?"

"지난번에 건물주 아들이 아프다고 했지?"

예상대로 엄마의 눈꼬리가 치켜 올라갔다.

'젠장맞을!'

"갑자기 그건 왜 물어?"

태수가 이럴 줄 알고 미리 준비해 둔 거짓말을 했다.

"궁금해서 그래. 얼마 전에 엘리베이터에서 건물주 아저씨를 만났는데 술에 취해서 막 날 붙잡고 하소연을 하시더라고."

건물주가 태수를 붙잡고 하소연을 했다는 소리에 엄마의

목소리가 갑자기 부드러워졌다.

"사장님이 널 붙잡고? 그게 정말이야?"

"그렇다니까."

"이 일을 어째. 우리 아들이 인상이 좋으니까 그랬나 보다. 네가 잘 좀 위로를 해 주지 그랬어."

"위로를 해 드리고 싶은데, 무슨 일인지 알아야 위로를 하지."

"하긴 그러네."

엄마가 아주 자세하게 얘기를 시작했다 거의 20여 분에 걸친 엄마 얘기를 요약하면 이렇다.

미래빌딩 건물주인 윤기중에겐 이제 고등학교 3학년인 늦둥이 아들이 하나 있다.

아무리 자식을 얻으려고 해도 안 생기다가 나이 50이 넘어 생긴 아들이다.

윤기중은 그 아들을 금지옥엽처럼 키웠다.

아들도 아버지의 뜻에 따라 공부도 잘하고 건강하게 잘 자랐다.

아들에게 문제가 생긴 건 작년 말이다.

아들이 잠만 잤다 하면 악몽을 꾸고 잠에서 깨면 작은 소리에도 깜짝깜짝 놀랐다.

날이 갈수록 기력이 쇠했고 급기야 방 안에 틀어박혀 밖으로 나갈 생각도 하지 않았다.

병원에 데려가도 딱히 의학적인 병명이 나타나지 않았다. 그동안 별의별 검사를 다 하고 온갖 약을 다 먹여도 아들의 상태는 호전되지 않았다.

이젠 윤기중까지 마음의 병을 얻어 정신과 치료를 받고 있다는 것.

말을 마친 엄마가 한숨처럼 내쉬었다.

"에휴, 돈만 많으면 뭐 하니?"

"그럼 지금은 아무런 치료도 안 하고 있는 거야?"

"얼마 전부터 무당이 집안에 들락거린다고 하던데."

"무당?"

"병원에서 치료가 안 되니까 무당한테 굿이라도 받는 모양이지."

"그건 진짜 아닌데."

"사람이 물에 빠지면 지푸라기라도 잡으려고 하는 거야. 자식이 그렇게 아픈데 부모 입장에서는 뭐든 하고 싶은 거야."

엄마의 얘기를 들어 보니 노인의 말대로 악귀가 붙어서 괴롭히는 게 맞는 것 같다는 생각이 들었다.

태수는 치킨이라도 먹고 가라는 엄마의 말을 뒤로하고 가게를 나섰다.

'어떡하지?'

일단은 건물주한테 접근해서 얘기를 나눠야만 도와주든 말든 할 텐데, 딱히 구체적인 아이디어가 떠오르는 게 없었다.

'일단은 무작정 부딪혀 보자.'

태수는 엘리베이터를 타고 8층 버튼을 눌렀다.

사실 다른 사람도 아니고 상대가 건물주라서 부담이 됐다. 자칫 잘못해서 건물주를 기분 나쁘게 했다간 옥탑방은 물론 치킨집까지 잘못될 수가 있으니까.

반대로 일이 잘만 된다면 귀기도 얻고 좋은 관계를 유지할 수 있을 것이다.

세입자가 건물주하고 좋은 관계 유지하는 것보다 좋은 빽이 어디에 있다고.

8층에서 엘리베이터가 멈추고 문이 열렸다.

엘리베이터를 내려서 주인집으로 가는 왼쪽 모퉁이를 돌던 태수가 놀라서 멈칫했다. 복도에 철창 같은 철문이 앞을 가로막고 있었던 것이다.

건물의 다른 층들은 모두 깔끔한 인테리어에 사무실과 오피스텔이 입주해 있었다.

반면에 8층 주인집은 어딘지 모르게 음산한 기운이 감돌았고 불빛도 흐릿했다. 마치 사람이 살지 않는 폐허처럼 온기가 느껴지지 않았다.

철문엔 '출입금지'라는 푯말이 달려 있었고 그 옆으로 노란 종이가 붙어 있었다.

'이게 뭐지?'

노란종이에는 머리가 셋 달린 검은 짐승이 그려져 있었다.

퇴마하는
톱스타

'꼭 부적같이 생겼는데?'

그리고 보니 노란 종이는 철문 입구뿐만 아니라 안쪽 복도 벽면 곳곳에도 수십 장이 붙어 있었다.

머릿속에서 노인의 목소리가 들려왔다.

－그건 부적이네.

'부적을 이렇게 붙여 놓았다는 건 악귀가 있다는 얘기네요? 부적은 보통 그런 악귀들을 물리칠 때 붙이는 거잖아요. 대체 무슨 부적이기에 이렇게 많이 붙여 놨지?'

노인이 침음을 흘리며 말했다.

－손바닥을 부적에 대고 가만히 집중을 해 보게.

태수가 노인의 말대로 손바닥을 펴서 부적에 갖다 대고 눈을 감았다.

'헉.'

태수가 인상을 찡그리며 얼른 손을 뗐다. 정체를 알 수 없는 기운이 손바닥을 찌르는 것 같은 아픈 느낌이 들었던 것이다.

그 순간 알림과 함께 허공에 문자가 떠올랐다.

－띠링.

저주 부적입니다.

태수의 입에서 침음이 흘러나왔다.

'저주 부적이라고? 저주 부적은 누군가에게 해를 끼치는 부적 아닌가?'

─그렇다네. 저주 부적은 타인에게 저주를 내리는 부적일세.

악귀를 물리치는 부적도 아니고 저주 부적을 복도 곳곳에 붙여 놓다니, 무슨 일인지 도무지 이해가 가지 않았다.

'누가, 무슨 이유로 이곳에 저주 부적을 붙여 놨단 말인가. 윤기중은 왜 저런 저주 부적을 그대로 놔둔 걸까. 혹시 저주 부적이라는 걸 모르는 게 아닐까?'

궁금증을 참지 못한 태수가 손바닥을 펴서 곧바로 잔류사념을 읽었다.

'사이코메트리.'

화르르르륵.

사이코메트리가 발동하면서 복도를 지나가는 윤기중의 다양한 모습들이 빠르게 스쳐 지나갔다.

뿔테 안경을 낀 윤기중은 한눈에 봐도 심신이 미약해 보였다.

멍하니 부적을 바라보는 윤기중의 건조하고 슬픈 눈빛. 사랑하는 아들에 대한 걱정과 불안이 가득한 아버지의 얼굴이었다.

아버지가 일찍 돌아가신 태수 입장에서는 저렇게 아들 걱정하는 아버지가 부럽기도 하고.

여러 잔류사념 중에서 가장 강력한 사념을 찾았다. 사념 속에서 윤기중은 30대 후반쯤 되어 보이는 여자와 함께 복도에서 얘기를 나누고 있었다.

짙은 화장의 여자는 한눈에 봐도 보통이 아닌 것처럼 기가 세 보였다.

여자가 오히려 나이가 많은 윤기중을 향해 소리를 질렀다.

"그러게 왜 말을 안 들어? 네 아들 죽는 꼴 보고 싶어?"

조금 과장하면 아버지뻘이라고 해도 될 정도로 윤기중과 여자는 나이 차이가 많았다. 근데도 여자는 윤기중을 마치 아랫사람 다루듯 하며 소리를 질러 대고 있었다.

더욱 이해할 수 없는 건 윤기중의 태도였다.

윤기중이 여자에게 연신 허리를 굽신거리며 용서를 구하는 게 아닌가.

"죄송합니다. 제가 오늘 안으로 보내도록 하겠습니다."

"결국은 날 못 믿어서 의심했다는 거잖아. 계속 이런 식이면 난 더 이상 너희를 돌봐 줄 수 없어."

그러자 윤기중이 놀라서 여자에게 매달렸다.

"잘못했습니다. 한 번만 용서해 주십시오. 우리 승민이를 봐서라도 제발."

윤기중은 아예 여자 앞에 무릎을 꿇고 매달려 흐느꼈다.

윤기중이 대체 뭐가 아쉬워서 저렇게 쩔쩔매고 매달리는지 이해가 가지 않았다.

태수는 계속해서 다른 잔류사념들도 읽어 나갔다.

잔류사념을 읽는다는 건 과거의 시간 속으로 들어가는 것과 같다.

태수는 몇 개의 잔류사념을 더 읽은 후 윤기중과 여자의 관계를 알아냈다.

아마도 여자는 엄마가 말한 그 무당인 모양이었다. 무당이 아들을 고쳐 준다고 하니 윤기중 입장에서는 무조건 매달리는 것일 테고.

다행한 건 잔류사념을 읽다가 윤기중에게 접근할 수 있는 단서를 하나 찾았다는 것.

태수는 엄마한테 얻은 번호로 윤기중에게 전화를 걸었다.

신호가 가고 지친 남자의 목소리가 흘러나왔다.

ー여보세요?

"안녕하세요, 저 옥탑방에 사는 세입잔데요."

ー아, 예. 무슨 일입니까?

"지금 잠시 드릴 말씀이 있는데 시간 좀 내 주시겠어요?"

ー지금 내가 몸이 좋지 않아서 그런데 나중에 얘기하죠.

"급한 일이라서 그런데 지금 뵙고 말씀드려야 해서요."

윤기중의 목소리에 살짝 짜증이 배어 나왔다.

ー거참, 나중에 얘기하자니까.

살짝 무리수라는 생각은 들었지만 어쩔 수가 없었다.

퇴마하는 톱스타

태수가 다짜고짜 본론으로 들어갔다.

"지금부터 제 말 잘 들으세요. 지금 당장 절 만나지 않으면 아드님은 물론이고 아저씨까지 머지않아 쓰러지게 되실 겁니다."

―지금 무슨 소리 하는 거요?

"얼마 전부터 아저씨도 악몽을 꾸고 있지 않습니까? 아드님처럼."

―그, 그걸 어떻게?

침음에 가까운 윤기중의 떨리는 목소리가 휴대폰을 타고 전해졌다.

놀라는 게 당연했다. 그 젊은 여자 외에는 아직까지 누구한테도 그 얘기를 하지 않았기 때문이다.

그 또한 여러 잔류사념을 읽는 과정에서 얻은 내용이었다.

―당신 지금 어디에 있소?

"여기 8층 철문 앞에 있습니다."

―조금만 기다리시오. 지금 곧 나갈 테니까.

잠시 후 철문 안쪽 집의 문이 열리더니 윤기중이 걸어 나왔다.

윤기중이 의아하게 태수를 보다가 철문을 열었다.

"대체 내가 악몽을 꾼다는 걸 어떻게……."

노인의 목소리가 들려왔다.

―먼저 부적부터 잡아 뜯도록 하게. 그래야만 저 사람의 머릿

속이 맑아져서 대화를 나눌 수가 있을 기야.

'알겠어요.'

태수는 안으로 들어서며 철문에 붙은 부적부터 확 잡아 찢었다.

윤기중이 소리쳤다.

"당신 지금 뭐 하는 거야?"

태수가 대꾸도 하지 않고 복도를 따라가며 벽면에 붙은 나머지 부적들을 잡아 뜯기 시작했다.

윤기중이 태수의 등 뒤에 대고 소리를 질렀다.

"당신 지금 뭐 하는 거야? 그만두지 않으면 지금 당장 경찰에 신고하겠어!"

윤기중이 신고하겠다는 소리에 살짝 긴장이 됐다. 만에 하나 일이 제대로 안 풀리면 골치 아파질 테니까.

엄마가 폭풍 잔소리를 퍼붓고 혜령도 태수를 원망하는 모습이 머릿속에 떠올랐다.

지난번에 크게 싸웠던 형과 형수도 득달같이 달려와서 철이 없다고 난리를 칠 것이다.

태수는 철이 없다는 소리 듣는 걸 제일 싫어했다. 자신이 지금까지 어떤 고생을 하며 살아왔는데.

어쨌든 이미 저지른 일이다. 윤기중이 달려와 부적을 떼는 태수의 손을 제지하며 소리쳤다.

"당신이 뭔데 함부로 내 집에 붙어 있는 수호 부적을……."

"수호 부적?"

태수가 손에 가득 들고 있는 구겨진 부적들을 들어 보이며 말했다.

"이건 수호 부적이 아니라 저주를 부르는 부적입니다."

"뭐, 뭐라고?"

노인이 말했다.

─부적을 불로 태우게.

태수가 윤기중에게 말했다.

"라이터 좀 주시죠."

잔류사념 속에서 윤기중이 담배를 피운다는 건 이미 알고 있었다.

윤기중이 태수를 노려보며 말했다.

"이런 식으로 나오면 자네도 그렇고 자네 모친도 내 건물에서 못 있을 거야."

태수에겐 세상 그 어떤 말보다 무서운 말이었다.

'진짜 어르신 말 믿어도 되는 거죠? 이거 저주 부적이 확실하죠?'

─그렇다니까.

'저주 부적이라는 걸 증명하지 못하면 어떡합니까?'

─그래서 라이터로 태우라는 거잖아. 쯧쯧, 그렇게 소심해서 어떻게 퇴마사가 되겠나?

'저도 소심하고 싶지 않거든요. 항상 찌들려서 살다 보니까

이렇게 된 거지.'

태수가 애써 담담하게 말했다.

"만약 잘못되는 일이 있으면 제가 다 책임지겠습니다. 저는 물론이고 저희 엄마 가게를 빼라고 하시면 빼겠습니다."

윤기중이 가만히 태수를 응시하다가 주머니에서 라이터를 꺼내서 건네줬다.

태수가 라이터를 켜서 손에 쥐고 있던 부적에 불을 붙였다.

화르르륵.

부적들이 순식간에 불길에 휩싸였다. 부적에서 검은 기운 같은 것들이 흘러나왔다.

'이게 뭐예요?'

ㅡ사악한 저주의 기운이지.

'세상에.'

부적이 타들어 가며 그것에 깃들어 있던 사악한 검은 기운들이 허공으로 흩어지며 사라졌다. 부적이 재로 변하자 윤기중이 태수를 노려보며 말했다.

"이제 어떡할 텐가? 자네가 책임을 진다고 했으니 책임을 져야겠지."

'어르신. 이제 뭘 어떡하면 되는 거예요?'

ㅡ기분이 어떠냐고 물어보게. 머리가 맑아지지 않았냐고 물어.

태수가 윤기중에게 물었다.

"기분이 어떠십니까?"

"기분이라니?"

"아까보다 머리가 한결 맑아지지 않았습니까?"

잠시 숨을 죽이던 윤기중의 얼굴에 놀란 표정이 떠올랐다.

지난 반년 동안 윤기중의 머릿속은 늘 근심과 불안이 가득했다. 아들 승민이가 아픈 탓도 있었지만 이상하게 모든 생각들이 부정적인 쪽으로만 흘렀다.

근데 지금은 먹구름이 걷힌 것처럼 머릿속이 맑아졌다.

이런 기분을 느껴 보는 게 얼마 만인지 몰랐다.

윤기중이 뭔가에 홀린 사람처럼 중얼거렸다.

"어? 맑아졌소. 안개가 가득한 것처럼 늘 무겁고 두통이 있던 머릿속이 지금은 아주 개운합니다. 이게 무슨 일이지?"

'후우, 다행이다.'

태수가 안도의 한숨을 내쉬고 물었다.

"저 부적은 대체 누가 붙여 놓은 겁니까?"

윤기중이 태수를 바라보는 눈빛이 달라졌다. 그가 겁먹은 얼굴로 주변을 살피다가 속삭였다.

"잠시 안으로 들어가서 얘기할 수 있겠소?"

"물론입니다. 그래서 온 거니까요."

"이쪽으로."

윤기중을 따라 집 안으로 들어갔다. 태수는 엄청나게 넓은 집 안에 놀랐고 집 안에도 곳곳에 저주의 기운을 담은 부적들이 붙어 있는 걸 보고 다시 놀랐다.

"집 안에 있는 부적들도 떼는 게 좋을 것 같습니다."

이번에는 윤기중도 별다른 반대를 하지 않고 순순히 고개를 끄덕였다.

"그렇게 하시오."

태수가 집 안의 부적들을 모두 잡아 뜯었다.

태수가 부적들을 들고 베란다로 가서 창문을 열었다. 라이터로 불을 붙이자 불길에 휩싸인 부적에서 검은 기운이 빠져나갔다.

"이쪽으로 앉아요."

태수가 소파로 돌아와 앉았다. 윤기중이 불안한 눈빛으로 물었다.

"정말 아까 그 부적들이 수호 부적이 아니고 저주 부적이 맞습니까?"

"예, 확실합니다. 변화를 느끼지 않으셨습니까?"

"예, 확실히 지금은 머리가 맑아지고 몸이 가벼워졌어요."

윤기중이 가만히 태수를 살펴보다가 물었다.

"대체 뭐 하는 사람입니까? 경호네치킨집 사장님 아들이 맞죠?"

"예, 맞습니다. 제가 오래전부터 무속과 퇴마에 대한 공부를 해 오고 있습니다."

윤기중의 눈이 휘둥그레졌다. 너무 자세한 얘기를 하면 오히려 의심을 살 것 같아서 태수는 얼른 말을 얼버무렸다.

"너무 자세하게 얘기하긴 그렇고, 아무튼 어제 엘리베이터에서 아저씨를 만났는데 아저씨한테서 저주의 기운이 느껴지더라고요. 그래서 한번 뵙고 말씀을 드리고 싶었습니다."

윤기중이 고개를 끄덕이고는 조심스럽게 입을 뗐다.

"부적들은 그 여자가 붙인 겁니다."

"그 여자라니요?"

"김임순. 태백산에서 신을 모신 아주 용한 무당이라고 했습니다. 그 여자가 이곳에 와서 굿을 해 준 뒤로 우리 아들의 상태가 나아졌거든요."

"어떻게 나아졌다는 말입니까?"

"악몽을 꾸는 횟수가 줄어들었어요."

"그럼 그 여자는 지금 어디에 있습니까?"

"아마 조금 있으면 올 겁니다."

윤기중이 여전히 어두운 얼굴로 한숨을 내쉬었다.

"아들이 악몽을 꾸는 횟수가 줄어든 것만으로도 몸이 나아진 거라고 좋아했는데 저주 부적이라니. 대체 이게 어떻게 된 일인지 모르겠군요."

태수는 짐작이 가는 구석이 있었다.

저주 부적을 수호 부적이라고 속여서 온 집 안에 도배를 해 놓은 무당이 바라는 건 뻔한 게 아닌가. 윤기중이 건물을 가진 부자니까 어떻게든 재산을 뜯으려고 그랬겠지.

윤기중이 땅이 꺼질 것 같은 한숨을 내쉬며 한탄을 쏟아냈다.

"그나저나 김임순이가 날 속인 거라면 우리 아들은 앞으로 어떡하면 좋겠소?"

노인이 말했다.

─아들을 보고 싶다고 하게.

"제가 혹시 아드님을 볼 수 있을까요?"

윤기중은 가만히 태수를 건너다봤다.

지금까지 수많은 사람이 승민의 병을 치료하겠다고 자신을 찾아왔다. 그들은 하나같이 자신이 승민의 병을 고칠 수 있다고 했다.

그 모든 사람들의 특징은 다짜고짜 소리를 지르며 겁부터 준다는 것이다. 그다음엔 굿을 해야 한다거나 무조건 자신의 말을 따르라고 압박했다.

근데 정작 문제가 뭐냐고 물으면 대답을 하지 않고 애매한 말로 빙빙 돌렸다.

지나고 보면 그 모든 말들이 윤기중을 현혹하려는 의도였고 결국엔 돈 얘기를 꺼냈다. 돈을 줘야만 제대로 조치를 취할 수 있다면서.

평생 사업가로 살아온 윤기중이다. 평소라면 당연히 그들의 거짓을 꿰뚫어 봤을 것이다. 하지만 지금은 아들을 구하기 위해 지푸라기라도 잡고 싶은 아버지의 심정.

윤기중은 그들이 해 달라는 대로 말을 들을 수밖에 없었다.

그렇게 날린 돈만 얼마인지 모른다. 아니 돈 같은 건 하나도 아깝지 않았다. 승민이가 좋아질 수만 있다면.

하지만 그들의 말을 듣고 온갖 해괴한 일들을 다 했지만 아들은 조금도 나아지지 않았다.

김임순을 신뢰한 건 그녀가 굿을 한 후에 아들이 악몽을 꾸는 횟수가 줄었기 때문이다.

하지만 김임순은 아들이 완쾌되려면 수십 년 동안 치성을 드려야 한다고 했다.

고등학생인 승민이 앞으로도 수십 년을 저렇게 누워 있어야 한다고 생각하자 눈앞이 캄캄했다.

근데 태수는 달랐다.

돈 얘기는 꺼내지도 않았고 겁을 주지도 않았고 사람을 현혹하려고 하지도 않았다.

무엇보다 태수는 눈앞에서 믿을 수 있는 행동을 직접 보여 줬다.

태수의 말대로 부적을 제거하자 정말로 머리가 맑아졌고 답답하던 가슴도 커다란 돌멩이 하나가 사라진 것처럼 후련했던 것이다.

이런 후련한 기분을 맛보는 게 얼마 만인지 모른다.

'내 아들 승민이한테도 이런 좋은 기분을 느끼게 할 수 있

다면 얼마나 좋을까. 저 아이가 다시 친구들과 웃고 떠드는 모습을 볼 수 있다면 무슨 짓이든 할 텐데.'

윤기중은 한 번 더 사람을 믿어 보기로 마음먹었다.

"날 따라와요."

윤기중은 아들 승민이 있는 방으로 태수를 안내했다.

태수가 방문을 열고 들어가자 침대에 누워 잠이 든 승민이 보였다.

윤기중이 침통하게 말했다.

"제 아들놈인 승민입니다. 이제 고등학교 3학년이고요. 늦둥이로 이 녀석을 얻었을 때만 해도 세상을 다 가진 기분이었습니다. 제발 우리 아들 좀 구해 주십시오."

눈물이 글썽이는 윤기중의 눈빛을 보니 마음이 아프면서 한편으로는 부러웠다.

'어르신, 승민이를 고칠 수 있을까요? 할 수만 있다면 꼭 고쳐 주고 싶은데.'

─그걸 나한테 물으면 어떡하나? 퇴마를 해야 할 사람은 자네야. 난 단지 자네를 도와주는 보조 역할을 할 뿐이고.

'알겠습니다. 제가 어떻게든 고치도록 해 보겠습니다.'

─승민의 주위에 저주의 기운이 보이는가?

'저주의 기운?'

─좀 더 집중을 해서 보도록 하게.

태수가 집중을 해서 승민의 얼굴을 들여다봤다. 그러자 승민의 주위를 감싸고 있는 정체 모를 검은 기운이 어렴풋이 보였다. 딱 봐도 아까 부적을 태울 때 봤던 것과 같은 저주의 기운이다.

태수가 유심히 방을 살피고는 말했다.

'이상하네요. 방에 저주의 부적도 없는데 왜 저런 기운이 있는 거죠?'

태수가 잠든 승민의 얼굴을 가까이서 살펴봤다. 오랫동안 방 안에만 머무른 탓에 얼굴엔 혈색이 없고 눈가엔 짙은 다크서클이 자리했다.

승민은 지금도 악몽을 꾸는지 인상을 찡그렸다. 뭔가 말을 하려고 입술을 달싹거렸지만 정작 소리는 입 밖으로 새 나오지 않았다.

노인이 말했다.

─보통 저 정도의 악몽을 꾸면 고개를 젓는다든가 몸을 뒤틀기라도 하는데 승민이는 손가락 하나 까딱하지 못하고 있어. 강한 저주로 인해 가위 눌림을 겪고 있기 때문일세.

'그럼 어떡하죠?'

─승민의 얼굴에 손을 대고 사념을 읽어 보게. 아마 잔류사념보다 훨씬 강력한 사념이 읽혀질 걸세.

'강력한 사념이라니요?'

─자네는 사이코메트리를 통해 승민의 꿈속을 들여다보게 될 게야.

'꿈속을 본다고요?'

사이코메트리를 통해 생각만 읽는 게 아니라 남의 꿈속까지 들여다볼 수 있다니 그저 놀라울 따름이다.

근데 노인의 다음 얘기는 더욱 놀라웠다.

─지금부터 자네는 꿈속을 들여다볼 뿐만 아니라 승민의 꿈속으로 들어가게 될 걸세.

'꿈속으로 들어가다니요?'

노인이 설명을 시작했다.

우리는 누구나 영혼과 육신이 분리되는 유체 이탈이라고 하는 영능력을 지니고 태어난다. 다만 성장하면서 여러 환경적 요인에 의해 많은 사람들이 그 능력을 잃어버리게 된다.

태수의 경우 유체 이탈을 통해 승민으로 꿈속으로 들어갈 수가 있다.

그런 술수를 치몽(致夢)법이라 부른다.

'치몽법?'

─유체 이탈을 통해 타인의 꿈속에 들어가 내가 원하는 영상이나 말을 투영시키는 술수를 일컫는 말일세.

노인은 치몽법을 수행하는 방법을 간단히 설명했다.

'후우, 내가 할 수 있을까?'

태수가 노인이 말한 대로 손바닥을 펴서 승민의 얼굴 위쪽에 대고 눈을 감았다.

"사이코메트리."

화르르르륵.

주문과 함께 어딘가에서 하얀 안개가 밀려들었다.

노인의 소리가 들려왔다.

-승민이의 이마에 생각을 집중하게.

태수는 노인이 말하는 대로 따라 했다.

승민의 이마에 생각을 집중하자 눈앞을 가리고 있던 안개
가 주위로 밀려 났다.

안개가 흩어지며 몽(夢)이라는 글자가 적힌 커다란 대문이
나타났다.

노인이 말했다.

-'몽'이라는 저 문은 현실과 꿈의 경계를 나누는 문일세. 저
문을 넘어서면 승민이의 꿈속으로 들어갈 수 있을 게야. 이제
의식의 힘으로 저 문을 밀어 보게.

태수가 정신을 집중해서 의식의 힘만으로 대문을 밀었다.

삐걱.

놀랍게도 손도 대지 않았는데 커다란 대문이 천천히 열렸
다. 대문의 안쪽 역시 안개가 자욱했다.

태수가 문을 넘어서 안개 속으로 들어갔다.

'여기가 승민이의 꿈속이라고?'

태수가 두리번거리는데 안개 속 어딘가에서 누군가의 비
명이 들려왔다.

"아아아악! 살려 주세요, 제발 도와주세요!"

소리를 듣자마자 비명을 지른 사람이 승민이라는 생각이 들었다.

잠든 승민의 입술이 계속 달싹거린 이유를 이제야 알 것 같았다. 승민이는 도와 달라고 저렇게 애타게 외치는데 정작 현실에선 한 줌의 목소리도 입 밖으로 나오지 않았던 것이다.

태수가 안개를 향해 소리를 질렀다.

"네가 승민이니?"

"네, 맞아요, 제가 승민이에요. 제발 저 좀 도와주세요!"

"지금 어디야? 어디에 있는 거야?"

"여기예요. 이쪽요!"

태수가 승민의 소리를 따라서 움직였다.

"계속 소리를 질러. 그래야만 널 찾을 수가 있어!"

"여기에요! 저 여기에 있어요!"

승민이 계속해서 소리를 질렀다.

승민의 소리를 따라 자욱한 안개 속을 헤집고 가던 태수의 눈앞에 거대한 고목이 나타났다.

시커먼 고목은 살아 있는 나무 같지가 않았다.

기괴한 모양으로 뒤틀린 가지들이 괴물의 갈고리처럼 보였다.

그 검은 고목의 가지에 누군가 양팔이 묶인 채 대롱대롱

매달려 있는 모습이 보였다.

매달려 있는 아이는 조금 전 침대에서 본 승민이가 틀림없었다.

승민이 몸부림치며 울부짖었다.

"아아악! 제발 살려 주세요, 도와주세요!"

"승민아!"

태수의 목소리에 승민이 놀란 얼굴로 주변을 살폈다.

"누구세요? 어디에 있어요?"

태수가 손을 흔들며 말했다.

"여기야, 여기!"

"어디요?"

승민이 태수 쪽으로 고개를 돌렸는데 알아보질 못했다.

'날 본 것 같은데 왜 못 알아보는 거죠?'

노인이 말했다.

―아마 승민이는 자네가 보이지 않을 걸세.

'왜요?'

―아직 자네의 의식이 약해서 완벽한 유체의 모습을 만들어 내지 못하기 때문이야.

태수가 소리가 들려온 방향을 향해 소리쳤다.

"나는 네 아빠의 부탁을 받고 널 구해 주러 온 아저씨야. 내가 구해 줄 테니 조금만 참고 기다려. 내가 지금 네 쪽으로 갈게."

그러자 승민이 다급하게 소리쳤다.

"안 돼요, 아저씨. 이쪽으로 오시면 안 돼요. 제 발밑에 괴물이 있어요!"

승민의 말이 끝나기가 무섭게 승민의 발 아래쪽 안개 속에서 소름 끼치는 짐승의 울음이 들려왔다.

크르르르릉!

태수가 승민의 발 아래쪽을 노려보며 의식을 집중했다. 그러자 안개가 걷히며 승민의 말대로 무시무시한 괴물이 모습을 드러냈다.

괴물을 확인한 태수의 입에서 침음이 흘러나왔다.

생전 처음 보는 짐승이었다.

짐승은 온몸이 검었고 머리가 세 개였다. 세 개의 머리를 가진 짐승이 이빨을 드러낸 채 승민을 올려다보며 으르렁거리고 있었다.

'밤마다 저런 악몽에 시달리니 아이가 정상으로 살 수가 없었겠네. 가만있자. 저 괴물은 아까 복도에 붙어 있던 저주 부적에 그려져 있던 짐승하고 모습이 비슷한데?'

태수가 의문을 가지는 순간 노인이 말했다.

─머리가 셋 달린 검은 개는 뱀과 함께 상대를 저주할 때 소환하는 대표적인 요괴야.

'요괴라고요?'

요괴라는 말이 너무나 생소하고 낯설어서 순간 겁이 났다.

그러고 보니 8층 입구 철문과 벽면 곳곳에 붙어 있던 저주 부적들. 그 부적들이 승민을 병들게 만든 원인이라는 확신이 들었다.

부적에 그려져 있던 머리 세 개의 요괴가 지금 승민을 공포에 떨게 하고 있으니까.

그렇다면 부적을 붙여 놓은 누군가가 승민에게 저주를 내린 것으로 생각할 수 있다.

윤기중은 저주 부적을 붙인 사람이 무당이라고 했으니 범인은 김임순일 가능성이 높을 것이다.

'그렇다면 김임순이라는 무당은 대체 왜 이런 짓을 했을까?'

여러 의문들이 한꺼번에 떠올랐지만 당장은 승민을 구하는 게 급선무.

'근데 어떻게 구하지?'

─꿈의 주인인 승민이 자네를 알아봐야만 힘을 가질 수가 있네. 승민이한테 좀 더 집중을 해서 자네의 존재를 알아보도록 하게.

태수는 노인의 말대로 승민에게 정신을 집중해서 소리쳤다.

"승민아, 여기야. 여기 날 봐 봐! 네가 날 알아봐야만 널 구할 수가 있어!"

태수의 마음이 통했을까.

승민이 태수가 있는 쪽을 가만히 응시했다.

그러자 의식만 존재하던 태수의 영혼에 무게가 느껴지며 투명하던 몸이 서서히 형체를 갖추고 모습을 드러냈다.

마침내 승민이 태수를 알아보고 소리쳤다.

"아저씨! 아저씨가 보여요!"

근데 태수를 알아본 건 승민만이 아니었다. 승민의 발아래서 으르렁거리던 머리 셋 달린 검은 개도 동시에 태수를 알아봤다.

크르르르릉!

괴물의 머리 세 개가 동시에 이빨을 드러내고 적대감을 나타냈다.

'저것들이 한꺼번에 달려들면 어떡하지?'

언제나 불길한 예감은 빗나가는 법이 없었다.

괴물이 곧장 껑충껑충 뛰어서 달려오기 시작했다. 덩치가 태수보다 더 큰 괴물이 세 개의 머리를 흔들며 달려오는 모습은 그 자체로 악몽이었다.

'헉, 이건 예상치 못했는데. 어르신 저놈을 어떻게 상대해야 됩니까? 어서 방법 좀 알려 주세요.'

ㅡ내게 몸을 맡기게.

'예?'

ㅡ내 목소리에 집중하고 나타나는 이미지에 집중하게.

노인의 목소리에 집중을 하자 눈앞에 노인의 얼굴이 떠올랐다.

　─그래. 그렇게 계속 날 바라봐야 해.

　그러자 푸른 기운이 태수의 전신을 휘감았다.

　'이게 뭐야? 내 몸이 왜 내 맘대로 움직이질 않지?'

　노인의 호통이 들려왔다.

　─다른 생각 하지 말고 조용히 집중을 하라니까!

　태수는 어쩔 수 없이 입을 다물었다. 하지만 눈앞으로 괴
물이 달려오는데 몸까지 움직이지 않으니 겁이 나서 심장이
터질 것만 같았다.

　마침내 검은 개가 바닥을 박차고 허공으로 훌쩍 날아올라
태수의 얼굴로 달려들었다. 날카로운 개의 이빨이 눈앞으로
날아왔다.

　"으헉!"

　크앙!

　그리고 태수의 몸이 움직였다. 의아한 건 태수의 몸이 태
수의 의지와 상관없이 움직이고 있다는 것.

　놀랍게도 검은 개는 슬로로, 태수의 몸은 정상 속도로 움
직였다.

　검은 개가 날아오자 태수의 발이 옆으로 스윽 움직였다.
허리는 뒤로 젖혀지며 한 바퀴를 돌았다.

　'대체 이게 어떻게 된 거야? 내 몸이 이렇게 유연했던가?
평소 허리를 굽히면 발목도 못 잡았는데?'

태수가 허리를 젖혀 피한 덕분에 검은 개는 달려오던 탄력을 이기지 못하고 태수의 눈앞을 스치며 지나갔다.

앞으로 튀어 나가는 검은 개를 향해 태수의 몸이 빙글 돌았다. 슬로로 움직인 탓에 검은 개는 아직 허공에 떠 있는 상태.

태수는 정속, 검은 개는 슬로로 움직인다.

아무리 무시무시한 괴물이라도 두려워할 필요가 없었다.

태수의 주먹이 저절로 움직이더니 허공에 떠 있는 검은 개의 복부를 연타로 때렸다.

파파파파팍!

주먹의 파괴력은 속도에 비례한다.

기계처럼 뻗어 나가는 태수의 주먹 주위를 푸른 기운이 감싸고 있었다.

주먹을 통해 검은 개를 타격하는 반동의 느낌이 생생하게 전해졌다. 주먹에 얻어맞은 검은 개가 '캥' 소리와 함께 바닥을 나뒹굴었다.

"흡!"

태수가 바닥을 박차고 도약해 허공을 날았다. 이번에도 태수의 의지는 아니었다. 날아가는 탄력으로 쓰러진 검은 개를 킥으로 후려쳤다.

퍼억!

둔탁한 충격음과 함께 검은 개의 형체가 '펑' 하는 소리와 함께 부서졌고 형체가 사라졌다.

검은 개는 검은 기운으로 화해서 허공으로 사라졌다.

'헐.'

비로소 태수에게 육신의 통제권이 돌아왔다.

'대체 누가 내 몸을 움직였던 거지? 어르신인가요?'

태수의 물음에 노인은 대답을 하지 않았다.

하긴 뭐 굳이 대답을 듣지 않아도 빤한 일 아닌가. 긴박한 순간에는 노인이 직접 태수의 육신을 통제할 수 있는 모양이었다.

어쩌면 꿈속이어서 가능한 일인지도 모르겠고.

아무튼 육신을 되찾은 태수가 고목으로 달려갔다.

"조금만 참아라. 아저씨가 내려 줄 테니."

이번 한 번의 경험을 통해 태수는 다음번에는 자신도 충분히 퇴마 기공을 사용할 수 있겠다는 자신감이 생겼다. 경험이 저절로 몸에 체화되는 형식이기에 따로 수련 과정은 필요할 것 같지 않았다.

태수가 체화한 경험을 응용해서 바닥을 박찼다.

어차피 의식으로 육신이 통제되는 꿈속이 아닌가.

용수철처럼 몸이 허공으로 튀어 올랐다. 5~6미터의 고목은 가벼운 뜀뛰기 정도에 불과했다.

'마치 자신의 꿈을 조종하는 루시드드림을 꾸고 있는 느낌

이랄까. 이런 능력을 현실에서도 발휘할 수 있다면 마블의 히어로 부럽지 않을 텐데, 흐.'

태수는 승민을 묶고 있던 저주의 사술을 풀어냈다. 그러자 검은 개가 사라지듯이 승민의 모습도 눈앞에서 스르륵 사라졌다.

이어서 태수 자신의 육신도 어딘가로 빨려 들어가며 의식이 흐려졌다.

"어어어?"

태수가 현기증을 느끼며 눈을 떴을 때는 어느새 승민의 방으로 돌아와 있었다.

침대에는 여전히 승민이 누워 있었다. 윤기중은 불안한 눈으로 아들과 태수를 번갈아 바라봤고.

'승민의 꿈속에서 다시 현실로 돌아온 모양이네.'

윤기중은 방금 무슨 일이 일어났는지 알지 못했다. 꿈속에서 일어났던 모든 일들은 찰나의 순간이었기 때문이다.

태수는 승민의 얼굴을 가만히 들여다봤다. 승민이 꿈속에서 자신을 만난 일을 기억할 수 있을지 궁금했다. 또한 승민의 악몽이 이제는 끝이 날지도.

확실히 잠든 승민의 표정은 이전보다 편안해 보였다.

태수가 조심스럽게 승민을 불렀다.

"승민아."

태수의 부름에 놀랍게도 승민이 눈을 번쩍 떴다.

평소라면 아무리 부르고 흔들어 깨어도 일어나지 못하는 승민이었다.

놀라운 일은 거기서 그치지 않았다. 눈을 뜬 승민이 잠에서 깬 보통 사람들처럼 자연스럽게 침대에서 몸을 일으켜 앉았다.

"이, 이럴 수가. 승민아!"

윤기중이 놀라운 기적이라도 본 사람처럼 눈을 치켜떴다.

더 나아가 승민이 침대를 빠져나와 스스로 일어났다. 승민이 침대를 빠져나온 게 얼마 만인지 모른다.

"세상에, 승민아!"

승민이 윤기중을 돌아봤다. 이전에는 초점이 잡히지 않아 흐릿하던 눈빛이 지금은 예전의 총명하던 눈빛으로 돌아와 있었다.

윤기중이 떨리는 목소리로 말했다.

"승민아, 아빠 보여? 아빠 알아보겠어?"

"응, 보여."

이전에는 깨어 있을 때도 아빠를 알아보지 못했다. 정신이 멍하니 다른 세상에 가 있는 것 같았던 것이다.

윤기중이 감격해서 소리쳤다.

"내 아들이 날 알아보다니, 승민아!"

윤기중이 눈물을 흘리며 승민을 와락 끌어안았다.

승민도 윤기중을 끌어안고 감격의 눈물을 흘렸다.

반년을 넘게 저주의 사슬에 묶여서 밤마다 공포에 떨었던 승민이다.

꿈을 꾸지 않을 때도 멍한 기분으로 계속 잠에 취해 있었고 저주에 갇혀 있었다.

근데 지금은 잠의 기운이 완전히 사라졌을 뿐만 아니라 몸도 가볍고 머리도 맑았다.

모든 것들이 정상으로 보였고 자기 마음대로 몸도 움직일 수가 있었다. 목소리도 낼 수가 있었다.

승민이 뒤늦게 태수를 발견했다. 승민의 눈이 휘둥그레졌다.

"어? 아저씨는 꿈속에서 절 구해 줬던……?"

승민이 자신을 알아보자 태수는 벅찬 감동을 느꼈다. 태수가 환하게 웃으며 고개를 끄덕였다.

"그래, 맞아."

윤기중이 무슨 소리냐는 듯 승민을 돌아봤다.

"꿈속에서 구해 주다니 그게 무슨 소리냐?"

"이 아저씨가 꿈속으로 들어와서 날 구해 주셨어. 꿈속에서 날 묶고 있던 사슬도 이 아저씨가 풀어 줬고 무서운 괴물도 아저씨가 없애 줬어."

윤기중이 어리둥절한 얼굴로 태수를 돌아봤다.

분명 자신이 봤을 때는 특별한 일이 없었다. 그저 태수가 승민의 이마에 손바닥을 올리고 잠깐 눈을 감았다가 뜬 게 전부.

근데 그 짧은 순간에 아들의 꿈속에 들어가 승민을 구해 냈다는 얘기가 아닌가.

지난 반년 동안 고통 받는 승민을 보면서도 아무것도 할 수 없는 자신이 얼마나 원망스러웠던가.

윤기중이 태수를 돌아보고 물었다.

"그게 사실입니까? 꿈속에 들어가서 승민이를 구했다는 얘기가."

태수는 감격하는 윤기중과 환하게 웃는 승민을 보며 자신이 감동했다. 곤경에 처한 누군가를 구해 주고 도움을 주는 기분이 어떤 건지 알 것 같았다.

태수가 윤기중을 향해 고개를 끄덕였다.

"예, 사실입니다. 승민이는 꿈속에서 저주에 걸려 있었습니다."

태수의 말이 끝나자 윤기중이 바닥에 엎드리더니 머리를 숙였다.

나이가 많은 윤기중이 절을 올리자 놀란 태수가 얼른 그의 손을 붙잡았다.

"이러지 마세요, 아저씨."

윤기중이 눈물을 흘리며 감격스럽게 말했다.

"감사합니다. 정말 감사합니다. 선생님은 저희 집안을 구한 은인이십니다."

"아직은 마음을 놓을 수가 없어요."

"아직 마음을 놓을 수가 없다니, 그게 무슨 소립니까?"

윤기중의 얼굴에 다시 그늘이 드리웠다.

"승민이를 저렇게 만든 사람을 붙잡아야만 확실하게 저주의 사슬을 끊어 낼 수가 있습니다. 제가 아까 집안 곳곳에 붙어 있던 부적이 저주 부적이라고 했던 말 기억하시죠?"

"예, 기억합니다."

"바로 그 부적이 지금까지 승민일 괴롭힌 원인입니다. 그 부적들을 김임순이라는 무당이 붙였다고 하셨죠?"

"예."

"제 생각엔 바로 그 무당이 승민일 이렇게 만든 장본인인 것 같습니다."

윤기중이 의아한 표정으로 물었다.

"그럴 리가요. 승민이는 김임순을 알기 훨씬 이전부터 발병을 한 상태였습니다."

윤기중의 말에 태수도 고개를 갸웃했다.

'승민이가 김임순을 알기 전부터 발병을 했다고? 만약 그 말이 사실이라면 승민이한테 다른 발병 원인이 있을 수도 있다는 말이 아닌가.'

그러고 보니 저주의 사슬을 없앤 지금 이 순간에도 검은 기운이 여전히 승민을 떠돌고 있는 게 보였다.

'이상하네. 방 안에 저주 부적도 없고 꿈속에서 사슬도 제

거를 했는데 왜 저주의 기운이 완전히 사라지지 않는 것일까? 그렇다면 뭔가를 놓치고 있다는 얘긴데.'

승민을 가만히 응시하던 태수의 눈빛이 잠깐 번뜩였다. 수상한 물건이 눈에 들어왔던 것이다.

그 물건을 보는 순간 심장에 찌릿한 느낌이 전해졌다.

물건은 다름 아닌 승민의 목에 걸려 있는 별 모양의 작은 목걸이였다.

노인이 말했다.

−이제 보니 저 목걸이가 모든 저주의 근원이었군.

'이젠 저도 조금 알 것 같아요. 저주의 기운이란 게 어떤 건지.'

목걸이에서 뿜어져 나오는 사악한 기운을 태수도 몸으로 느낄 수가 있었던 것이다. 한 번의 퇴마를 통해 경험이 축적된 덕분이었다.

태수가 목걸이를 향해 손을 뻗자 승민이 움찔했다.

목걸이에 손이 닿는 순간 부적에서 느꼈던 것보다 몇 배는 강한 저주의 기운이 엄습해 왔다.

태수가 목걸이를 움켜쥐고는 힘껏 잡아 뜯었다.

화르르륵.

목걸이 줄이 뜯어지며 저주의 기운이 사방으로 흩어졌다.

승민이 어지러운 듯 휘청거렸다.

"승민아."

놀란 윤기중이 승민을 붙잡았다.

"괜찮아, 아빠."

승민이 이내 중심을 잡았다. 목걸이를 뜯어낸 것만으로도 승민의 눈가에 자리하고 있던 다크서클이 사라지며 분칠을 한 것 같던 얼굴에 혈색이 돌아왔다.

승민이 믿기지 않는 듯 중얼거렸다.

"완전히 사라졌어, 아빠."

"사라지다니?"

"내 몸을 사로잡고 있던 보이지 않는 사슬이 완전히 사라졌어. 이제 정말로 아무렇지도 않아. 기분도 좋고 뭐든지 할 수 있을 것 같아. 이제 병이 다 나은 것 같아!"

"그게 정말이냐? 세상에. 이렇게 금방 멀쩡해질 수가 있다니."

윤기중이 눈물을 흘리며 아들의 손을 잡았다.

태수는 그들의 모습을 보며 비로소 안도의 숨을 내쉬었다.

어쨌든 지독한 저주였다.

누군지 모르지만 아이한테 이런 강력한 저주를 걸어 놓다니, 웬만해서는 절대로 풀 수 없도록 두 겹, 세 겹으로 저주의 기운을 심어 놓은 것이다.

"그 목걸이는 누가 준 거야?"

태수의 물음에 윤기중도 자못 궁금한 듯 승민을 바라봤다.

"아줌마가 줬어요."

윤기중이 물었다.

"아줌마라니?"

"상계동 아줌마."

윤기중의 눈이 휘둥그레졌다.

"뭐? 그럼 김 씨가 너한테 그 목걸이를 줬단 말야?"

"응. 김 씨 아줌마가 우리 집 나갈 때 이 목걸이를 주면서 건강을 지켜 주는 목걸이라고 했어."

태수가 윤기중을 돌아봤다.

"김 씨가 누굽니까?"

"우리 집에서 일하던 가정분데, 작년 말에 그만뒀거든요."

태수가 즉시 승민의 목걸이에 남아 있는 잔류사념을 읽으려고 했지만 주술이 걸려 있어서 불가능했다.

"혹시 그 가정부가 쓰던 물건이 집에 남아 있는 게 있습니까?"

"김 씨가 쓰던 물건요?"

"아마 없을 것 같은데. 벌써 작년에 나간 사람이라서."

"꼭 그 여자 물건이 아니라도 상관없습니다. 집 안의 물건 중에서 늘 손에 지니고 있던 물건도 좋습니다."

"리모컨요."

돌아보니 승민의 손에 텔레비전 리모컨이 들려 있었다.

"아줌마는 항상 이 리모컨을 손에 들고 있었어요. 일을 끝내고는 하루 종일 텔레비전만 봤거든요."

"리모컨이라면 다른 사람들도 다들 만지는 물건이라서 곤란할 것 같은데."

"아뇨. 우리 집에선 텔레비전 보는 사람이 없어서 아줌마 말고는 아무도 만지지 않았을 거예요."

승민의 말에 윤기중도 동의했다.

"맞습니다. 저도 텔레비전을 보긴 하지만 정말 어쩌다 한 번이고 항상 텔레비전을 본 사람은 김 씨밖에 없습니다."

태수는 승민의 손에서 리모컨을 건네받고 눈을 감았다.

'사이코메트리.'

화르르르륵.

주술이 작동하자마자 리모컨에 남아 있던 잔류사념들이 떠올랐다.

승민의 말처럼 리모컨에는 모두 김 씨의 잔류사념만 남아 있었다.

시간이 꽤 흘렀음에도 리모컨에는 강렬한 사념들이 그대로 남아 있었다.

김 씨는 텔레비전을 볼 때도 리모컨을 들고 있었고 혼자 생각에 잠길 때도 손에 리모컨을 들고 있었다.

김 씨의 잔류사념 속에서 어디선가 본 듯한 얼굴의 여자가 등장했다.

'가만, 저 여자는?'

태수는 여자의 정체를 기억하곤 소스라치게 놀랐다. 여자는 바로 윤기중의 잔류사념 속에 등장하던 김임순이었던 것이다.

8층 복도에서 나이 많은 윤기중에게 마구 소리를 지르며 위협하던 여자.

가정부 김 씨는 아무도 없을 때 김임순을 몰래 집 안으로 불러들였다.

둘은 집 안을 둘러보면서 속닥거리고 얘기를 나눴다.

시간이 많이 흐른 사념이라 대화 내용까지 자세하게 들을 수는 없었지만 드문드문 들려오는 소리만으로도 음모를 꾸민다는 걸 충분히 알 수가 있었다.

태수는 그들의 대화를 듣는 과정에서 놀라운 사실을 알아냈다. 바로 김 씨와 무당인 김임순이 자매 지간이라는 것.

놀랍게도 김 씨는 김임순의 언니였다. 그제야 일이 어떻게 돌아가는지 대충 알 것 같았다.

'모든 게 둘의 음모였구나.'

처음부터 김 씨는 흉계를 꾸밀 작정을 하고 윤기중의 집에 가정부로 위장 취업을 했던 것이다.

목적은 보나 마나 돈이었을 테고.

아들로 인해 심신이 약해지고 판단력이 흐려진 아버지를 현혹하는 것만큼 손쉬운 일이 세상에 어디에 있겠는가.

모든 계획을 세운 후 김 씨는 승민에게 저주의 목걸이를 걸어 주고 가정부 일을 그만뒀다. 그래야만 의심을 피할 수가 있으니까.

김 씨가 저주의 목걸이를 목에 걸어 줬으니 김임순은 승민이 발병하기만 기다리면 됐다.

승민이 발병한 후에 김임순이 윤기중에게 접근했기 때문에 역시 의심을 피할 수가 있었다.

자신들이 만들어 낸 병이니 윤기중을 현혹하는 건 땅 짚고 헤엄치는 것보다 쉬웠을 테고.

윤기중은 김임순이 승민의 병에 대해 너무 잘 알고 있으니 당연히 신뢰한 것이다.

태수의 얘기를 모두 들은 윤기중이 분노로 치를 떨었다.

"인간의 탈을 쓰고 어떻게 그럴 수가!"

윤기중은 승민을 치료하는 대가로 지금까지 김임순에게 준 돈만 1억이 넘는다고 했다.

대충 예상은 했지만 금액이 상상을 초월했다.

이제 남은 문제는 어떻게 그들의 죄를 밝히고 처벌하느냐다. 이런 일은 범죄의 증거를 잡기가 결코 쉽지가 않기 때문.

그렇지만 어떻게든 잡고 싶었다. 자식에 대한 부모의 마음을 이용해서 이런 사악한 짓을 저지르는 인간들은 가장 죄질이 나쁜 인간들이다.

태수는 윤기중에게 잠시 시간을 달라고 한 후 노인과 상의했다.

'어떡하죠? 무당을 잡으려면 증거가 있어야 하는데, 저주

퇴마하는 톱스타

부적 같은 것으로는 증거가 안 될 것 같아요.'

–그건 크게 걱정하지 않아도 될 걸세.

'예?'

–아마 그 무당은 승민이 깨어난 걸 보고 스스로 본색을 드러낼 테니 경찰에 연락을 하고 모든 것들을 기록하도록 하게.

태수는 노인의 말대로 윤기중에게 경찰을 부르도록 한 후 김임순이 돌아오기를 기다렸다.

얼마 후 집 밖에서부터 날카로운 김임순의 목소리가 들려왔다.

"어떤 놈이 내 신성한 부적을 함부로 뗐어?"

현관문이 벌컥 열리며 김임순이 안으로 들어왔다. 기세등등하게 들어서던 김임순이 소파에 앉아 있는 승민을 보고는 흠칫했다.

윤기중이 그런 김임순을 노려보며 말했다.

"왜, 승민이 병이 나아서 놀랐나?"

"무, 무슨 소리야?"

윤기중의 말에 김임순의 표정이 싹 변했다. 연기를 해도 잘하겠다는 생각이 들 정도로 김임순은 순식간에 얼굴색을 바꿨다.

"세상에 이럴 수가! 어찌 이런 놀라운 기적이 있나? 내가 어젯밤 신빨이 올라와서 승민이한테 달라붙은 잡귀를 쫓아 달라고 밤새 태자귀 님한테 기도를 했는데, 이렇게 효과가 빨리 나타날 줄이야. 역시 우리 태사귀 님의 신빨은 영험하셔."

태연하게 말을 하는 김임순을 향해 윤기중이 승민의 목에 걸려 있던 목걸이를 들어 보였다.

"이 목걸이가 뭔지 알지?"

김임순이 뻔뻔하게 시치미를 뗐다.

"그게 뭔지 내가 어떻게 알아?"

"우리 집에서 일하던 김 씨가 승민이한테 준 거야. 근데 김 씨가 당신 언니였다며? 당신들 둘이 이 저주 걸린 목걸이를 승민이한테 줘서 병에 걸리게 한 거잖아."

모든 게 밝혀졌지만 김임순은 눈 하나 까딱하지 않았다.

도리어 눈알이 튀어나올 것처럼 치켜뜨고 윤기중의 앞으로 다가섰다. 되레 김임순이 윤기중을 잡아먹을 것처럼 노려보며 소리를 질렀다.

"어떤 놈이 그런 헛소리를 지껄여? 감히 내가 누군지 알고? 내가 네 아들을 치료했지 언제 병에 걸리게 했어? 은혜를 원수로 갚으려고 하다니. 분노한 태자귀 님이 너희 부자에게 저주를 내릴 것이다, 저주를! 으아아아아!"

김임순의 시퍼런 서슬에 윤기중이 말도 제대로 하지 못하고 몸을 떨었다.

오랫동안 김임순에게 정신적으로 지배당한 탓에 감히 대들 생각조차 하지 못했다.

태수는 윤기중이 다시 겁에 질리는 모습을 보고 싶지 않아

앞으로 나섰다.

김임순은 갑자기 나타난 태수를 보고 상당히 놀란 모양.

"넌 뭐야?"

"당신 같은 사기꾼을 잡는 사람이지."

보통의 무당들은 선신의 힘을 빌어 신력을 발휘하지만 김임순은 사악한 힘을 빌어서 사술을 부렸다.

김임순이 웃음을 머금으며 짙은 화장의 눈썹을 치켜 올렸다.

"흥. 내 부적을 멋대로 떼어 낸 게 네놈이로군. 저주를 받고 싶지 않으면 조용히 물러나는 게 신상에 좋을걸."

김임순은 평범한 대학생 같은 태수가 어떻게 자신의 저주를 풀었는지 이해가 되지 않았다.

노인이 말했다.

─저런 무당은 자존심을 긁어서 화를 돋궈야 해.

"당신 같은 사이비 무당이 나한테 저주를 건다고? 지나가던 개가 웃겠네."

태수가 빈정거리자 노인의 말처럼 김임순이 흥분해서 날뛰었다.

"뭐라고? 어린놈이 터진 입이라고 함부로 쫑알대는구나. 너도 승민이처럼 평생 악몽 속에서 헤매게 해 주겠다!"

김임순이 주문을 외워 자신이 부리는 악귀의 봉인을 풀었다.

김임순은 어차피 윤기중한테도 조만간 저주를 걸 생각이었다. 대학생 한 명에게 더 저주를 건다고 달라질 건 없다. 저주의 힘을 경찰이 밝혀낼 것도 아니고.

키아아악!

김임순의 몸에서 지금까지 보이지 않던 검은 기운이 흘러나왔다.

'저게 뭐지?'

태수가 의문을 떠올리는 순간 정보가 떠올랐다.

태자귀 : 어린아이의 원귀

'어린아이의 원귀라고?'

태자귀에 대한 이어지는 정보들은 더욱 충격적이었다.

무당들은 부리기 쉽고 위험도가 적다는 이유로 어린아이의 원귀인 태자귀를 부린다.

못된 무당들은 자신의 신력을 올리기 위해 태자귀를 인위적으로 만들기도 한다.

문제는 그 방법이 상당히 잔인하고 끔찍하다는 것이다.

먼저 어린아이를 유괴해서 좁고 햇빛이 닿지 않는 곳에 가둬 며칠을 굶긴다. 그런 아이가 배고픔에 울다가 실신 지경에 이르면 아이 앞에 먹을 것을 갖다 놓는다.

아이가 살기 위해 먹을 것을 향해 손을 내미는 순간, 그 손을 잘라 아이의 넋을 손에 봉인한다.

시체는 48조각으로 잘라 태운 후 손을 작은 궤짝에 넣어 99일이 지나면 아이의 영혼을 조종할 수 있다고 한다.

정보를 읽은 태수의 얼굴이 저절로 일그러졌다.

'와아, 인간이 아무리 잔인해도 어떻게 그런 짓을 저지를 수가 있지?'

아마 김임순도 그런 과정을 거쳐서 태자귀를 만들어 부리는 것 같았다. 그런 잔인한 행동도 서슴지 않고 했으니 무슨 일이든 거침이 없었을 테고.

키아아악!

괴성과 함께 검은 기운의 덩어리처럼 보이는 태자귀의 원귀가 집 안을 헤집고 다녔다.

사방으로 물건이 날아다니고 부서졌고 유리창이 깨졌다.

윤기중과 승민은 서로를 끌어안고 구석에 몸을 숨겼다.

물론 두 사람에겐 악귀의 모습이 보이질 않았다.

태자귀는 기껏 여섯 살이나 되었을까 싶은 여자아이의 모습을 하고 있었다.

얼굴은 하얀 분칠을 한 것처럼 하얗고 양쪽 볼에는 붉은 점이 찍혀 있었다.

한쪽 손목이 잘린 채 발목에 검은 사슬이 묶여 있는 모습이 보였다. 사슬은 길게 늘어져서 김임순에게 이어져 있었다.

꿈속에서 민호가 묶여 있던 것과 똑같은 모양의 사슬이었다. 저 사슬 때문에 김임순에게 붙잡혀서 도망을 가지 못한 채 사역을 당하는 모양.

김임순이 태수를 가리키며 악에 받쳐 소리를 질렀다.

"저놈을 죽여라!"

김임순의 명령에 태자귀의 검은 기운이 주방에 있던 식칼을 집어 들었다.

허공에 식칼이 둥둥 떠 있는 모습이 공포 영화의 한 장면 같았다.

태수가 다급하게 물었다.

'어르신, 이제 어떻게 합니까?'

태수의 말이 끝나자마자 눈앞 허공에 부적들이 나타났다.

노인이 말했다.

－태자귀를 제령할 수 있는 부적들이네. 그 부적을 집어서 태자귀와 김임순을 연결한 사슬을 깨트리게.

태수가 손을 뻗자 허공에 떠 있던 부적이 손안으로 들어왔다. 부적은 단순한 종이가 아니라 칼날처럼 단단하고 날카로웠다.

－그걸 던져서 사슬을 끊게!

태수가 노인의 말에 따라 부적을 날렸다.

쐐애애액!

부적이 허공을 가르고 날아가 태자귀와 김임순을 연결한 사슬에 달라붙었다.

파팟!

부적에서 붉은 불꽃이 튀면서 사슬이 끊어졌다.

펑!

검은 기운이 흩어지며 김임순이 비명을 질렀다.

"아악!"

자신과 태자귀를 이어 주던 혼줄이 끊어진 걸 깨달은 김임순이 당황한 듯 중얼거렸다.

"이럴 수가! 어떻게 저주의 사슬이 끊어질 수가 있지?"

태수가 김임순을 노려보며 소리쳤다.

"어린아이를 잔인하게 살해한 것도 모자라서 그 혼을 노예처럼 부려 먹었으니, 당신은 죽어서도 죗값을 치르게 될 거야!"

이제 김임순은 태자귀를 부릴 수가 없다. 태자귀가 없어지면 김임순이 할 수 있는 건 아무것도 없다. 그녀의 모든 힘은 태자귀로부터 나왔으니까.

"으으으, 안 돼!"

지금까지 눈을 치켜뜨고 오만방자하게 굴던 김인순의 모습은 온데간데없어졌다.

김임순의 얼굴에 두려움이 떠올랐다. 허공에 떠 있는 식칼이 김임순을 향해 점점 다가오고 있었기 때문이다.

김임순이 뒷걸음질을 치며 애원했다.

"오, 오지 마. 제발 살려 줘."

마침 도착한 경찰들이 집 안으로 들이닥쳤다.

허공에 떠 있는 식칼을 본 경찰들의 표정이 사색이 됐다. 하지만 그 누구도 감히 앞으로 나설 생각을 하지 못했다.

허공에 떠 있는 식칼이 파르르 떨더니 곧장 김임순을 향해 날아갔다.

쐐애애액.

퍼억!

식칼이 김임순의 목에 꽂혔다.

"끄어어억."

김임순이 몸을 부르르 떨다가 그 자리에 꼬꾸라졌다.

숨을 거둔 김임순의 몸에서 혼이 빠져나왔다.

자신의 죽은 육신을 보고 놀라는 김임순의 영혼을 향해 태자귀가 다시 달려들었다. 태자귀의 이빨이 김임순의 영혼을 물어뜯었다.

−아악! 살려 줘!

김임순이 울부짖으며 애원했지만 소용없었다. 그동안 쌓인 원한이 얼마나 깊었을지 상상이 갔다.

김임순의 혼이 창문을 통과해 달아나자 태자귀도 그 뒤를 쫓아갔다.

윤기중과 승민은 물론 경찰들도 다들 충격을 받은 듯 어리둥절한 얼굴들이었다.

뒤늦게 경찰들이 죽은 김임순의 시신을 처리하고 현장을 수습했다.

태수는 노인의 말에 따라 거실에 미리 설치해 둔 윤기중의 휴대폰으로 모든 상황을 녹화해 뒀다. 혹시라도 경찰에 불필요한 오해를 받지 않기 위해서였다.

경찰에 동영상을 제출하고 대충 일이 정리됐을 때는 밤 11시가 가까운 시각이었다.

'이 모든 게 정말 내가 한 일이란 말인가?'

대부분 노인의 도움을 받고 한 일이지만 그렇다고 해도 실감이 나지 않았다.

불과 몇 시간 사이에 자신이 전혀 다른 사람이 된 것 같은 착각이 들었다.

그야말로 진짜 퇴마사가 된 기분.

다음에 이런 일이 생기면 노인의 도움 없이도 스스로 처리할 수 있을 것 같은 자신감이 들었다.

거실에 남아 있던 서늘한 기운이 회오리처럼 움직이더니 태수의 전신을 휘감았다.

태수의 눈앞에 메시지가 떠올랐다.

귀기를 획득했습니다.

노인이 말하던 귀기가 몸으로 흡수되는 게 느껴졌다.

'귀기를 얻었으니 이제부턴 다시 사이코메트리를 마음 놓고 사용할 수가 있다는 거지?'

"뭐라고 감사의 말을 드려야 할지 모르겠습니다."

돌아보니 윤기중과 승민이 눈물을 글썽이며 서 있었다.

"앞으로 승민이 건강하게 잘 키우시면 돼요."

"고마워요, 아저씨."

"그래, 앞으로는 밖에서도 얼굴 볼 수 있겠지?"

"네."

환하게 웃는 승민의 모습을 보니 막냇동생을 보는 것처럼 친근한 기분이 들었다. 모든 일들이 신기하고 낯설었다.

집 밖에서 웅성거리는 사람들의 목소리가 들려왔다.

아마도 경찰이 오고 죽은 김임순의 시신이 실려 나가는 통에 구경하러 몰려든 사람들인 것 같았다.

"이게 무슨 일이래?"

"사람이 죽어서 실려 나갔대."

"이 집 아들이 아파서 무당을 불러 굿을 한다더니."

그때 태수의 휴대폰이 울렸다.

"잠시만요."

태수가 윤기중에게 양해를 구하고 휴대폰을 받았다. 액정을 보니 엄마 전화였다.

"어, 엄마."

–너 지금 어디야?

"나? 어…… 옥탑…….."

–내가 방금 옥탑방에 갔다 왔는데?

"어, 그, 그랬어? 이제 조금 있으면 올라갈 거라고."

–지금 여기 난리 났어.

"난리?"

–그래. 8층 건물주 집에서 사람이 죽어서 실려 나오고 경찰들도 와서. 대체 이게 무슨 일인지 모르겠네. 너도 괜히 밤늦게 돌아다니지 말고 얼른 들어와.

"알았어. 걱정하지 말고 얼른 들어가서 자."

태수가 휴대폰을 끊고 윤기중을 돌아봤다.

"저기, 부탁이 있는데 오늘 제가 한 일은 앞으로 비밀로 해 주셨으면 감사하겠습니다. 특히 저희 엄마하고 동생한테요."

"알겠습니다. 걱정하지 마십시오."

"아, 그리고 지금부터는 편하게 말 놓으세요."

"우리 승민이의 목숨을 구해 준 은인이신데 제가 어떻게."

"앞으로도 계속 뵐 텐데 제가 불편해서 그래요."

윤기중이 고개를 끄덕이고는 말했다.

"그래, 알았네, 태수 군."

"한결 편하네요."

윤기중이 환하게 웃는 태수의 손을 잡아끌며 말했다.

"잠깐만 나 좀 보세."

윤기중이 태수를 주방으로 데려갔다.
"내가 고마움의 표시로 사례를 좀 하고 싶은데."
"사례요?"

영혼흡수

　사실 사례를 전혀 생각하지 않았던 건 아니다. 이 정도 부
잣집에서 아들을 구해 줬으면 사례를 하겠다고 나오는 게 오
히려 자연스러울 테니까.

　하지만 사례를 하지 않는다고 해서 기분이 나쁘거나 원망
할 생각도 없었다.

　어차피 자신도 사례를 바라고 한 일이 아니라 귀기가 필요
해서 한 거니까.

　그렇다고 굳이 주겠다는 사례를 거절할 생각은 없다.

　윤기중이 물었다.

　"혹시 원하시는 액수가 있으면 나한테 얘기를 해 주게. 그
럼 내가……."

"정 그러시다면 저희 엄마 치킨집 월세를 조금만 깎아 주시면 감사하겠습니다."

현재 치킨집 월세가 200만 원이다.

엄마는 늘 한탄처럼 말했다. 월세만 싸도 장사할 만하겠다고.

윤기중이 고개를 끄덕였다.

"그건 이미 그렇게 할 생각을 하고 있었네. 월세를 절반으로 깎아 주면 어떨까?"

"절반요? 그렇게만 되면 정말 좋죠."

엄마가 좋아서 펄쩍펄쩍 뛰는 모습이 눈앞에 선했다.

"그리고 옥탑방도 앞으로는 월세를 받지 않겠네. 내 입장에서는 자네가 옥탑방에서 살아 주는 게 훨씬 든든할 것 같아."

태수는 거절하기보다는 고맙다고 넙죽 인사했다. 이런 부잣집에서 그 정도의 사례는 크게 부담이 되지도 않을 테고.

"덕분에 저희 어머니도 많이 기뻐하실 것 같습니다. 감사합니다. 그럼 시간이 늦어서 저는 그만 올라가 보겠습니다."

태수가 돌아서려는데 윤기중이 불렀다.

"아직 내 얘기 끝나지 않았네."

"예?"

"내일 자네 통장으로 사례금 1억 원을 입금시켜 주겠네. 자네 계좌 번호를 내 휴대폰으로 보내 줬으면 좋겠군."

순간 태수는 할 말을 잃고 눈을 휘둥그레 떴다.

'1억? 1억 원이라고?'

윤기중이 말했다.

"내 마음의 성의니까 부디 거절하지 말고 받아 줬으면 좋겠네. 만약 자네가 받지 않겠다면 자네 어머니한테 보낼 생각이네."

태수가 황급히 손을 내저었다.

"아, 아닙니다. 그냥 제가 받겠습니다. 너무 큰돈이라서 받아도 되는지 모르겠네요."

윤기중이 고개를 흔들며 말했다.

"내 아들을 다시 세상 밖으로 나오도록 해 준 은인에겐 적은 돈이지."

"그럼 저희 어머니한테는 이 모든 일들을 비밀로 해 주시면 감사하겠습니다."

윤기중이 웃으며 말했다.

"그렇게 하겠네."

태수가 혹시라도 윤기중이 오해를 할까 봐 덧붙였다.

"아니, 뭐 제가 1억을 엄마 몰래 쓰려고 그러는 게 아니라……."

윤기중이 손을 들고 말했다.

"자네 돈이니까 어떻게 쓰든 난 상관이 없네."

태수는 옥상에 놓인 커다란 평상에 대자로 누워 밤하늘을 바라봤다.

얼마 전에 이렇게 누워서 바라봤을 때는 컴컴한 어둠만 보였는데 오늘은 어둠 사이로 밝게 빛나는 별빛이 눈에 들어왔다.

별빛을 바라보다 보니 괜히 가슴이 뜨거워지며 눈시울이 붉어졌다. 예전에 힘들었던 시간들이 떠올랐고 갑작스럽게 찾아온 행운도 감격스러웠다.

첫 번째 퇴마행을 마치고 귀기를 획득하자 퇴마에 대한 확신이 생겼다.

이젠 노인의 도움 없이도 스스로 퇴마를 할 수 있겠다는 자신감을 얻었다.

영혼탐색, 영혼흡수 그리고 사이코메트리.

그리고 통장에 쌓이기 시작하는 현금들.

월급을 받을 때 돈 2, 3만 원 가지고 엄마와 실랑이를 벌이던 게 엊그제 같은데. 액수가 너무 커서 어디에 써야 할지 아무런 생각이 들지 않았다.

일단은 영능력으로 번 돈은 별도의 통장을 만들어 아무도 모르게 꼬박꼬박 모아야겠다는 생각이 들었다.

언젠가 좀 더 큰돈이 됐을 때 제대로 사용할 작정이었다.

앞으로는 정말 좋은 일들만 생길 것 같은 예감이 들었다.

더 이상 불운과 불행이 찾아올 일도 없을 것 같고.

태수가 설레는 상상을 하고 있을 때 휴대폰이 울렸다.

드르르륵.

액정을 보니 중학교 동창 모임의 총무를 맡고 있는 영우였다.

"어, 영우야."

—야, 단톡방에 공지 올렸는데 왜 답이 없어?

"공지라고? 나 못 봤는데?"

영우가 말하는 단톡방은 중학교 동창 모임이었다. 요 며칠 갑자기 너무 많은 일들이 있어서 정신없이 다니다 보니 카톡도 확인을 못 한 모양.

—지금 당장 단톡방 들어가서 공지 확인하고 어떡할 건지 답을 달아. 다른 애들 다 답 달았는데 너만 안 달았어.

태수는 고등학교를 중퇴하고 검정고시를 봤기 때문에 학교 친구가 많지 않았다. 중학교 동창들은 그나마 태수에게 몇 안 되는 소중한 친구들이었다.

"알았어. 내가 확인하고 바로 답 달게."

휴대폰을 끊고 단톡방으로 들어가자 영우 말대로 공지가 올라와 있었다. 공지를 읽는 태수의 표정이 굳어졌다.

우리들의 자랑스러운 친구, 이명호의 아시아영화제 수상을

축하하는 자리를 가지려고 합니다. 더 일찍 날짜를 잡으려고
했는데 명호가 이제 유명 인사가 돼서 워낙 시간을 빼기가 어
려워서 이제 겨우 날짜 확정했습니다. 참석을 원하는 친구들은
댓글로 참석 여부를 남겨 주세요. 장소와 일시는 아래를 참고
하시기 바랍니다.

　명호의 영화제 수상 축하 모임을 뒤늦게 가지는 모양이었
다.
　태수는 단톡방의 카톡을 읽고는 한숨을 내쉬었다. 지난번
에 명호하고 심하게 다퉈서 나가고 싶은 마음이 전혀 없었던
것이다.
　그렇다고 구질구질한 핑계를 대고 빠지기도 싫고.
　고민 끝에 태수가 공지에 답을 달았다.

　　나도 참석.

　용기를 낸 건 영능력 덕분이었다.
　아마 영능력을 가지고 있지 않았다면 모임에 나가지 않았
을 것이다.
　모임엔 대부분 명문대에 다니는 애들만 나오는데 자신은
기껏 엄마가 하는 치킨집 배달원일 뿐이다.
　게다가 명호와 싸운 일을 생각하면 더더욱 자신이 초라하

게 느껴졌다.

그뿐만 아니라 명호에게 줄 선물을 산다고 회비를 5만 원이나 내야 한다.

물론 지금 태수에게 그런 돈은 전혀 문제가 되지 않는다. 금액이 문제가 아니라 자신의 돈으로 명호 선물을 산다는 게 마음에 들지 않았다.

하지만 태수는 참석하기로 마음먹었다. 명호가 앞으로 얼마나 성공할지는 모르지만 자신도 그에 못지않게 성공할 수 있다는 자신감이 생겼으니까.

⊱⊰

태수는 정해진 시간보다 30분 늦게 모임 장소로 들어갔다. 사실 도착은 제시간에 했지만 왠지 선뜻 발길이 향하지 않았던 것이다.

안으로 들어서자 이십여 명에 가까운 친구들이 모여 있었고 분위기가 한껏 들떠 있었다.

평소엔 모임에 잘 나오지 않던 여자 동창들도 오늘은 꽤 많이 나왔다.

태수가 안으로 들어가 자리에 앉았지만 주시하는 친구는 아무도 없었다.

명호를 찾아 고개를 두리번거렸지만 보이지 않았다.

충무인 영우가 앞으로 나가서 말했다.

"자, 이쯤에서 오늘은 주인공이자 자랑스러운 우리의 친구이자 앞으로 세계적인 거장이 될 이명호 감독의 얘기를 들어봐야 하지 않겠습니까?"

애들이 환호하며 소리를 질렀다.

사실 상을 받기 전까지만 해도 명호는 동창 모임에도 잘 나오지 않았고 친구들 사이에서 평판도 좋지가 않았다. 명문대에 다닌다는 이유로 친구들을 무시하고 오만한 행동을 자주 했기 때문이다.

명호가 일어나자 친구들의 환호가 이어졌다. 명호가 맨 앞쪽 테이블에 앉아 있어서 뒤늦게 들어온 태수는 찾을 수가 없었던 것이다.

명호가 앞으로 나가서 마이크를 잡았다.

영화제에서 상을 타면서 명호는 완전히 분위기가 변해 있었다. 옷차림도 대충 입은 것 같지만 철저하게 계산된 세련된 옷차림이었다.

"고맙다, 친구들아!"

명호의 한마디에 무슨 연예인이라도 나타난 것처럼 환호성이 울렸다. 평생 남들 앞에서 저런 환호를 받아 보지 못한 태수 입장에서는 부러운 장면이었다.

명호가 특유의 근엄한 표정을 지은 채 몇 초간 침묵을 지켰다. 다들 숨을 죽이고 명호의 말을 기다렸다.

명호는 원래부터 자신을 저렇게 인위적으로 연출하는 데 능했다. 그런 것들이 영화감독에게 필요한 자질인지는 모르 겠지만.

마침내 명호가 입을 열었다.

"이번 아시아영화제에서 최우수상에 해당하는 발리상을 수상한 〈꿈속에서〉는 미스터리 로맨스야. 영화가 다음 달 개 봉하기 때문에 여기 모인 친구들은 아직 영화를 보지 못했을 테니 영화에 대한 자세한 얘기를 하긴 어렵네. 그래서 영화 에 대한 소개는 영화제 심사위원인 세계적인 거장 유틴 스콜 세지 감독의 심사평으로 대신할게."

명호가 다시 침묵을 유지했고 친구들은 숨을 죽인 채 명호 의 다음 말을 기다렸다.

남자 동창들은 물론이고 여자 동창들까지도 호감이 가득 한 눈빛으로 명호를 바라봤다.

'새끼, 더럽게 잘난 체하네.'

태수는 죽어도 못하는 저런 가식적인 행동을 명호는 중학 교 때부터 즐겨 하곤 했다.

중학교 2학년 때던가, 태수 집에서 놀던 명호가 말했다.

─내가 나중에 유명 영화감독이 돼서 상 받으면 뭐라고 할 지 소감 들어 볼래?

그랬다. 명호는 상을 받기도 전에 소감부터 준비하는 성격이었다.

당시 명호는 거울 앞에서 유명 연예인이나 된 것처럼 오글거리는 연기를 하며 소감을 얘기했다.

소감이 뭐였는지 내용은 기억나지 않지만 당시 명호의 연기는 기억에 또렷이 남아 있다.

그리고 그 기억이 지금 앞에 나온 명호와 오버랩이 됐다.

"유틴 스콜세지 감독이 이렇게 말했어. 나도 이 영화에서 배울 게 있다."

명호의 말에 친구들이 환호하며 박수를 쳤다.

물론 세련된 무대 매너가 나쁘다는 건 아니다. 영화감독도 배우처럼 연기력이 필요하다는 것도 잘 안다.

문제는 명호는 친구를 대할 때도 그렇게 위선적이고 가식적이라는 사실이다.

지난번 그 일이 아니라도 명호한테 늘 그런 감정을 느끼곤 했다.

물론 지금의 감정이 객관적인 것인지 태수도 확신은 서지 않았다. 지난번 그 일 때문에 공연히 명호한테 반감을 가지는 것일 수도 있으니까.

태수는 가능한 명호에 대해 좋지 않은 감정을 품지 않으려 애쓰며 술잔을 들이켰다.

옆에 있던 한석이 뒤늦게 태수를 발견하고는 말했다.

"어? 태수 언제 왔냐?"

그러자 맞은편에 앉아 있던 해철과 미진도 한마디씩 거들었다.

"태수 오랜만이네."

"아, 맞다. 중학교 때 너랑 명호랑 단짝 아니었나? 명호는 영화감독 된다고 하고 넌 소설가 된다고 하면서 둘이 맨날 붙어 다녔잖아."

"아, 맞다. 기억난다."

"태수 넌 요즘 뭐 한다고 했지?"

"얘 요즘 지네 엄마 치킨집 돕는다고 배달하고 있잖아."

"진짜?"

"어머니는 여전하셔? 언제 한번 동창 모임 거기서 해야겠네."

다들 생각해서 한마디씩 해 주는 말이지만 웃을 수가 없었다.

미진이 물었다.

"태수 넌 요즘 소설 안 써? 예전에 나한테 소설 써서 보여 주고 그랬잖아."

해철이 오버하는 표정을 지으며 호들갑을 떨었다.

"뭐야? 태수 너 미진이한테 소설 써서 보여 줬냐? 와, 너네들 평소에 그런 사이야?"

당황한 미진이 마구 손을 내저으며 말했다.

"아냐, 그런 거. 얘가 워낙 읽어 달라고 사정을 해서 어쩔 수 없이 읽어 준 거야."

그런 미진의 태도에 태수는 자존심이 상했다. 요즘도 소설을 쓰고 있다는 말을 하려다가 이내 말을 바꿨다.

"요즘은 소설 안 써."

그러자 미진이 기다렸다는 듯 말했다.

"그거 잘한 거야. 솔직히 그때 소설 진짜 재미없었거든, 쿡쿡."

"야, 너무 직설적으로 말하는 거 아냐? 쟤 상처 입어."

해철의 농담에 태수가 재빨리 대답했다.

"상처는 무슨, 다 옛날 얘긴데."

태수가 자신의 잔에 술을 따르는데 한석이 손을 잡았다.

"인마, 이 좋은 날에 왜 자작을 해? 태수 네가 일어나서 건배사나 한번 해라."

"야, 됐어, 건배사는 무슨."

"되긴 뭐가 돼? 제일 친한 단짝 친구가 유명인이 됐는데 네가 한마디 해 줘야지."

주위에 있던 친구들도 다들 한마디씩 거들며 목청을 높이자 앞쪽에서 술을 마시던 명호도 이쪽으로 고개를 돌렸다. 태수와 눈이 마주친 명호가 묘한 미소를 머금었다.

진퇴양난은 이런 경우를 두고 하는 말일까.

태수가 어쩔 수 없이 잔을 들고 자리에서 일어났다. 한석이 친구들의 주의를 환기시켰다.

"야, 이명호 단짝 친구 장태수가 한마디 한단다. 다들 주목!"

한석의 외침에도 대부분의 친구들은 각자 하던 얘기를 계속했다. 명호가 얘기하던 때와는 확연하게 다른 분위기.

반면 명호는 시선을 돌려서 태수가 무슨 말을 할지 신경을 쓰는 눈치였다.

학교 때부터 좋은 게 좋다고 튀는 행동을 해 본 적이 없는 태수다.

태수는 괜히 분위기 망치고 싶지 않아서 의례적인 멘트를 했다.

"이명호, 수상 축하한다. 위하여!"

"야, 좀 길게 해 봐. 무슨 건배사가 그래?"

명호가 얼른 말했다.

"됐어, 태수 민망하겠다. 위하여!"

명호가 말하자 모든 친구들이 일제히 수긍하며 잔을 들었다. 명호의 선창에 다들 잔을 들고 외쳤다.

"위하여!"

태수는 술을 마시며 피식 웃는 명호를 노려보다가 앞쪽으로 걸어갔다.

"야, 나도 명호 옆자리에 좀 앉아 보자."

영우와 뭔가 의논을 하던 명호가 놀란 얼굴로 태수를 돌아봤다. 평소 태수 성격으로 봐서는 의외라는 표정.

태수는 명호의 속마음을 알고 싶었다. 한때는 정말로 단짝처럼 붙어 다니던 친구였기에 혹시 자신이 오해를 하는지도 모른다고 생각했다.

태수가 명호의 잔에 술잔을 따르며 말했다.

"다시 한번 축하한다, 이명호."

명호도 어색하게 웃으며 태수의 잔에 술을 따랐다.

"그래, 고맙다."

둘이 잔을 부딪치고 술을 마신 후 금방 어색한 침묵이 이어졌다.

태수는 명호의 잔과 새 잔을 슬쩍 바꿔치기해서 가져왔다.

태수가 명호의 잔을 손에 잡고 주문을 읊었다.

'사이코메트리.'

화르르르륵.

명호가 앞쪽 자리로 온 목적이 바로 사이코메트리로 명호의 속마음을 알아보기 위해서였다. 공기가 흔들리며 명호의 속마음이 또렷하게 들려왔다.

'아이, 진짜. 쟤는 왜 왔어? 불편하게.'

'그래도 다행이네. 자리가 떨어져 있어서.'

'아이 씨, 왜 자꾸 치킨 배달원하고 단짝이라고 엮는 거야, 쪽팔리게.'

퇴마하는
톱스타

'이 새끼는 갑자기 왜 옆자리로 왔지? 괜히 지난번 소설 얘기 꺼내는 거 아냐? 피곤하네. 설마 내가 아직도 자기하고 같은 레벨인 줄 아는 거 아냐? 하긴, 치킨 배달하는 놈이 내가 받은 상이 어떤 가치인지 상상이나 할 수 있을까?'

'앞으로 확실하게 거리를 둬야지. 괜히 들러붙지 않게.'

술잔에 남아 있던 명호의 잔류사념을 읽은 태수의 입에서 헛웃음이 흘러나왔다.

생각했던 것보다 훨씬 충격적이었다.

어떻게 중학교 3년 동안 단짝으로 지내던 친구를 이런 식으로 생각할 수가 있는지. 이런 생각을 가진 명호에게 소설 감상을 부탁했던 자신이 한심하게 느껴졌다.

태수가 명호를 가만히 노려봤다. 명호도 태수의 시선을 느꼈는지 고개를 돌렸다.

"왜? 뭐 나한테 할 말 있나?"

태수가 쓴웃음을 지으며 말했다.

"네 영화에도 친구가 나오냐?"

명호가 황당하다는 표정으로 말했다.

"기본적으로 로맨스라서 메인 스토리는 아니지만 나오긴 해. 어릴 때부터 절친인 두 친구의 우정에 대한 얘기가 나와. 근데 그건 왜?"

"그냥 네가 친구에 대해서 어떻게 생각하는지 궁금해서.

개봉하면 꼭 보고 나서 감상 얘기해 줄게."

명호가 뭐냐는 듯 헛웃음을 흘렸다.

"그래, 뭐, 그러든가."

태수가 막 자리에서 일어나려는데 명호의 맞은편에 누가 와서 앉았다.

소희였다.

"태수, 오랜만이네?"

"어? 너도 왔어?"

올 초에 대학을 졸업하고 신문사에 입사했다고 들은 정소희.

태수는 소희가 모임에 나왔다는 걸 몰랐다. 소희가 지금까지 중학교 모임에 나온 적이 한 번도 없었으니까.

중학교 3학년 때 소희는 반의 회장이었고 명호가 부회장이었다.

당시 소희는 태수하고 짝이었다. 태수는 남몰래 소희를 짝사랑했다.

사실 중학교 친구들 중에 소희를 좋아하지 않은 애들은 거의 없었다. 공부 잘하고 얼굴 예쁘고 성격까지 좋았으니까.

"너 이전에는 동창 모임에 안 나오지 않았나?"

"그랬지. 사실 난 오늘 기자 자격으로 참석한 거야."

"기자 자격?"

"응. 회사에서 명호 인터뷰 따오라고 시켰거든."

"아……."

옆에서 듣고 있던 명호의 입꼬리가 살짝 올라가는 모습이 보였다.

소희가 명호를 돌아보고 물었다.

"명호야, 술 더 취하기 전에 인터뷰 먼저 할까?"

명호가 대답했다.

"오케이, 시작하지."

소희가 휴대폰 녹음 버튼을 누르고는 명호와 인터뷰를 시작했다.

태수는 조용히 일어나서 원래 자신이 있던 자리로 돌아갔다. 딱히 말을 거는 친구들도 없어서 그냥 죽치고 술잔만 비웠다.

나중엔 답답해서 술집 밖으로 나와 계단에서 끊었던 담배까지 피웠다.

어둠 속으로 하얀 담배 연기가 흩어지는 모습이 왜 그리도 처량한지.

다른 건 몰라도 소희가 명호를 취재하러 왔다는 얘기는 제법 충격이었다.

'명호 자식이 받은 상이 그렇게 대단한 거야?'

사실 모임에 참석하겠다고 단톡방에 댓글을 남길 때만 해도 자신감에 차 있었다. 엄청난 영능력을 얻었고 앞으로 무궁무진한 가능성을 품었으니까.

근데 막상 모임에 오니 친구들에게 자신은 아직도 치킨집 배달원 장태수에 불과하다는 걸 깨달았다.

　그렇다고 영능력을 보여 줄 수도 없고 통장을 보여 주며 돈 자랑을 자랑할 수도 없는 노릇이었다.

　인성이야 어쨌든 명호는 어느덧 대중이 알아주는 유명 감독이 되어 있었다. 어쩌면 앞으로 더 유명해질 수도 있고.

　그에 반해 태수는 현재까지 할 수 있는 거라곤 돈 모으는 일이 전부다.

　물론 돈을 모으는 일만큼 신나는 일은 없다. 나중에 근사하게 사업체를 꾸릴 수도 있고 명호가 부러우면 영화사를 만들 수도 있다.

　문제는 그런 일들이 너무 먼 미래의 일이고 당장은 보여 줄 게 없다는 것.

　태수는 자신도 명호처럼 남들의 주목을 받고 사람들로부터 환호를 받고 싶은 욕망이 강했다. 어쩌면 그건 돈만 벌어서는 불가능한 일인지도 모른다.

　그래서인지 채워지지 않는 답답함 같은 게 가슴을 짓눌렀다.

　"왜 혼자 나와 있어?"

　소희가 태수 옆에 앉으며 말했다.

　"담배 있어?"

　태수가 친구에게 받은 담배를 내밀었다. 소희가 담배를 피우며 하얀 연기를 내뿜었다.

"인터뷰는 끝났어?"

"응, 인터뷰랄 게 뭐 있나? 솔직히 영화가 그렇게 작품성이 있는 것도 아니고."

"무슨 소리야? 유틴 스콜세지 감독이……."

"그거 의례적인 멘트야. 그 감독 나이가 많이 들어서 그런지 요즘 영화제마다 다니면서 그런 멘트 남발하더라고."

"아, 그래?"

질투라고 해도 할 말은 없지만 소희의 말에 태수는 저도 모르게 안도감을 느꼈다.

"그럼 넌 명호 영화 본 거야?"

"응."

"어땠어?"

태수가 마른침을 삼키며 소희의 대답을 기다렸다. 잠시 고민하던 소희가 입을 열었다.

"음…… 친구가 만든 영환데 이렇게 얘기하는 게 좀 그렇긴 하지만 솔직히 내 취향은 아니었어."

다시 찾아온 안도감.

태수가 조심스럽게 물었다.

"그럼 어땠는데?"

"난 스토리 탄탄한 힘 있는 이야기 좋아하는데, 명호 영화는 뭐랄까. 괜히 있어 보이려고 기교는 엄청 부렸는데 정작 알맹이는 없는 영화? 마치 박찬우 감독 영화 흉내 내려는 것 같은 느낌이 너무 노골적으로 보이는 거야."

박찬우 감독은 대중성과 예술성을 모두 잡은 감독으로 세계 3대 영화제에서 대상을 수상할 정도의 거장이다. 다만 지적인 욕망을 자극하는 그의 영화는 좋아하는 사람과 싫어하는 사람의 호불호가 확실하게 나뉜다.

소희가 그야말로 콕 찍어 평을 해 준 덕분에 명호의 영화가 어떤 분위기인지 금방 알 것 같았다. 더불어 그렇게 말해 준 소희가 너무도 고마웠다.

물론 소희가 태수를 위해 그렇게 말해 준 건 아니다. 그저 그녀의 솔직한 감상을 들려줬을 뿐.

태수가 고마운 건 소희가 쉽지 않은 얘기를 자신에게 솔직하게 들려줬다는 것이다.

"그럼 영화 리뷰도 그렇게 쓸 거야?"

"에이, 그렇게는 못 쓰지. 이것도 제작사에서 마케팅 차원으로 진행하는 인터뷴데."

"진짜?"

"그래. 이쪽 세계는 그런 게 있어. 서로 짜고 치는 고스톱이랄까."

소희가 피식 웃으며 담배 연기를 시원하게 내뿜었다.

"근데 넌 어떻게 지내?"

갑자기 소희가 질문을 던지자 마땅한 대답이 떠오르지 않았다. 그렇다고 퇴마사라고 대답할 수도 없고.

"난 그냥 뭐……."

"아직도 소설 쓴다며? 중학교 때 네가 쓴 소설 꽤 재미있게 읽었던 것 같은데."

태수가 의아하게 소희를 돌아봤다. 중학교 때 소희한테도 소설을 보여 준 기억이 없었기 때문이다.

"중학교 때 내 소설을 읽었다고?"

"응."

"내가 너한테 소설 보여 준 기억이 없는 것 같은데?"

"실은 미진이가 보여 줬어."

"어떤 거 읽었는지 기억나?"

"음, 거의 다 읽었을걸."

"진짜? 그럼 내가 미진이한테 읽어 달라고 한 소설 전부 다 읽은 거야?"

소희가 웃으며 고개를 끄덕였다.

그리고 보니 태수가 소설을 읽어 달라고 할 때마다 미진이가 마지못해 고개를 끄덕이던 모습이 떠올랐다.

태수가 조심스럽게 물었다.

"어땠어? 물론 너무 오래전이라 기억도 잘 나지 않겠지만."

"난 나름 재미있었던 것 같아."

"진짜?"

"그래, 아이디어도 기발했던 것 같고."

소희의 말에 짜릿하게 희열이 느껴졌다.

"요즘은 미스터리 쓴다며?"

"누가 그래? 혹시 명호가?"

"으응."

소희가 대답을 얼버무리며 고개를 끄덕였다. 갑자기 명호가 뭐라고 하면서 그런 얘기를 했을지 궁금해졌다.

소희가 담배 연기를 뿜어내곤 자리에서 일어났다.

"안 들어갈래?"

"어, 먼저 들어가. 난 조금 더 있다가 들어갈게."

"그래, 그럼. 나 그만 들어갈게."

소희가 안으로 들어가자 태수는 소희가 컵에 버린 담배꽁초를 집어 들었다.

사이코메트리를 사용하면 귀기가 줄어들기 때문에 가능한 자제하려고 했다. 근데 명호가 소희에게 무슨 말을 했을지 너무나 궁금해서 참을 수가 없었다.

소희의 립스틱 자국이 남은 담배꽁초를 들고 주문을 읊었다.

'사이코메트리.'

화르르르륵.

공기가 흔들리며 담배꽁초에 남아 있던 소희의 잔류사념이 떠올랐다. 조금 전 명호와 소희가 인터뷰를 하며 얘기를 나누는 영상이었다.

소희가 물었다.

ー영화 보니까 미스터리 로맨스던데 원래 미스터리 장르를 좋아했던 거야?

ー처음부터 좋아했던 건 아닌데 이번 소재에서는 그 장르가 가장 이야기 구조에 잘 맞을 것 같아서.

명호는 아예 턱을 받친 채 마치 연인을 바라보듯이 노골적인 눈빛으로 소희를 바라봤다.

소희는 그런 명호의 시선이 부담스러운 표정이지만 인터뷰 때문에 어쩔 수 없이 참는 기색이었다.

소희가 물었다.

ー미스터리 장르가 힘들지 않아?

ー당연히 힘들지. 한 가지 설정 바꾸면 나비효과처럼 모든 설정을 다시 잡아야만 하니까.

ー맞아. 많은 감독들이 미스터리 장르에 손을 대지만 잘못 건드리면 망하는 장르잖아.

ー누가 아니래. 이건 여담인데 얼마 전에 태수가 나한테 소설을 보내왔더라. 읽고 감상 좀 얘기해 달라면서 너무 매달리는 거야.

ー태수가?

명호가 어이가 없다는 미소를 지으며 고개를 끄덕였다.

태수는 잔류사념 속이라는 사실도 잊고 하마터면 욕을 할 뻔했다.

명호가 말을 이어 나갔다.

－근데 장르가 또 미스터리 장르라는 거야. 어떡하냐? 친구라고 부탁하는데 읽어 줘야지. 솔직히 나 요즘 진짜 바쁘거든. 근데 이건 뭐 첫 장 딱 읽는데 총체적 난국이야. 첫 장 딱 읽고 나니까 더 이상 읽기가 싫어지는 거 있지.

－야, 아무리 그래도 첫 장만 읽고 어떻게 작품을 판단해?

명호가 정색을 하고는 말했다.

－장난하냐? 태수는 완전 아마추어 습작생이야. 내가 지난번에 문학상 심사위원 봤을 때는 응모자들 글 전부 첫 줄만 읽고 탈락시켰어. 첫 줄만 읽으면 다 보인다니까.

이제야 확실하게 알 것 같았다.

명호가 자신을 어떻게 생각하고 있는지. 그때 소설 감상에 대해서도 왜 말도 안 되는 소리를 횡설수설했는지.

태수가 분노를 삭이며 사이코메트리를 끝내려는 순간 소희의 목소리가 들려왔다. 다름 아닌 소희의 속마음이었던 것이다.

'야, 이명호. 말하는 거 보니까 넌 아직 멀었어. 어떻게 인성이 중학교 때나 지금이나 똑같니? 넌 너무 가볍고 경박하다고. 어쩌다 내가 명호 인터뷰까지 하게 됐는지.'

이어서 들려오는 소희의 속마음.

바로 태수에 관한 것이었다.

'태수는 좀 안타깝네. 걘 이상하게 왜 자꾸 일이 꼬이지? 중학교 때 읽어 본 소설은 나름 재밌었는데. 이번에 썼다는 글도 궁금하네. 어떻게 썼는지.'

소희는 문화부 취재기자다. 그런 소희가 인사치레가 아니라 정말로 자신의 글을 궁금해하다니.

갑자기 옥탑방으로 달려가서 글을 쓰고 싶은 욕구가 마구 솟구쳐 올랐다. 글을 써서 소희에게 감상을 부탁해 보고 싶은 욕구가 꿈틀거렸다.

태수는 단톡방이 아닌 소희 개인톡으로 톡을 보냈다.

오늘 만나서 반가웠어. 나 먼저 갈게. 다음에 내가 쓴 소설 보낼 테니까 감상 좀 부탁해^^

금방 소희한테 답이 왔다.

나도 반가웠어. 소설은 언제든 보내 줘. 나야 소설 읽는 게 직업인 여자니까. 다음번에 만났을 때는 네 소설 얘기 나눴으면 좋겠음.

막상 소희의 카톡을 받으니 반가우면서도 복잡한 마음이

들었다. 소희가 혹시라도 소설을 읽고 실망하면 어쩌나 하는 걱정이 앞섰던 것이다.

집으로 돌아가기 위해 지하철역으로 향하는데 괜히 울적한 마음이 들었다.

'기분도 그런데 주위에 혹시 한을 품고 떠도는 영혼이 없나?'

요즘엔 낯선 장소에 가면 거의 습관처럼 영혼탐색을 한다.

"영혼탐색."

화르르륵.

공기가 흔들리고 허공에 내비게이션 같은 지도가 나타났다. 지도 위를 붉은 기운이 스윽 훑고 지나가는데 붉은 점이 하나가 깜짝이는 게 보였다.

"있다!"

태수는 주위로 행인들이 지나가는 것도 잊은 채 소리를 질렀다.

영혼이 있을 것으로 생각되는 위치를 보니 바로 길 건너에 커다란 대학병원 안이었다.

'병원에서 일하다가 죽은 사람인가?'

이상한 건 붉은 점 아래에 영혼에 대한 정보가 나타나질 않는다는 것이다.

'이상하네. 왜 정보가 나타나지 않는 거지?'

퇴마하는 톱스타

태수가 횡단보도를 건너서 대학병원 안으로 들어갔다. 워낙 큰 대학병원이라 그런지 밤 시간인데도 병원을 찾는 환자들이 많았다.

허공에 떠 있는 지도를 보면서 영혼이 있는 곳을 찾아가다 보니 눈앞에 병원 응급실이 나타났다.

'헐, 정말로 방금 죽은 영혼인가 보네.'

응급실 문을 열고 안으로 들어가자 고통을 호소하는 환자들과 바쁘게 오가는 의료진의 모습이 보였다. 그들의 모습을 보니 괜히 오금이 저렸다.

'에고, 응급실은 정말 올 데가 못 된다니까. 그나저나 영혼이 어디에 있는 거지?'

지도의 붉은 점은 분명히 응급실 안쪽을 가리키고 있었다.

혼잡스러운 응급실 구석에서 이리저리 고개를 돌리는데 한쪽에서 의료진이 다급하게 소리를 지르는 모습이 보였다.

'혹시……?'

응급실을 가로질러 다가가자 의료진 사이로 누워 있는 환자의 모습이 보였다. 아니, 침대에 누워 있는 사람은 이미 환자가 아닌 망자였다.

의료진 어깨 너머로 보이는 심전도 기계의 모니터에 그래프가 일직선을 유지하고 있었던 것이다. 이미 사망한 환자를 살리기 위해 의사가 제세동기로 충격을 가하고 있었다.

'이런, 죽자마자 내가 탐색을 한 거네. 그럼 영혼은 어디에

있는 거지?'

의료진의 주위를 살피는데 목덜미에 서늘한 한기가 느껴졌다.

'왔다.'

서늘한 기운 때문인지는 몰라도 아직도 귀기와 접촉할 때는 깜짝깜짝 놀라곤 했다.

태수가 저도 모르게 목을 움츠렸고 알람과 함께 허공에 문자들이 나타났다.

─띠링.

방금 귀기를 접촉했습니다.

○○○의 영혼과 교감을 시도합니다.

접속이 진행 중입니다.

○○○의 영혼이 응답했습니다.

○○○의 영혼을 소환 중입니다.

허공의 메시지를 보며 태수가 고개를 갸웃했다.

'어라? 왜 이름이 안 보이지? 혹시 죽은 지 얼마 되지 않은 영혼은 저렇게 이름이 보이질 않는 건가?'

하긴 누군지 모르지만 영혼이 된 사람은 자신이 죽은지도 모르고 얼마나 당황스러울지 짐작이 갔다. 그래서 정보에도 나타나지 않는 것이고.

지도상의 붉은 점에 영혼 정보가 나타나지 않은 이유도 짐작이 갔다.

그때 눈앞 공기가 흔들리더니 흐릿하게 영혼이 모습을 드러냈다.

이전의 영혼들은 이런 식으로 서서히 형체가 또렷해지다가 완벽하게 모습이 드러났지만 이번 영혼은 흐릿한 형체에서 더 이상 모습이 나타나지 않았다.

– 으흐흐흐흑.

대신 폐부를 찌르는 것 같은 서러운 울음소리가 바로 눈앞에서 들려왔다. 왠지 괜히 영혼을 불렀다는 후회가 드는 순간 눈앞에 흐릿하게 문자가 떠올랐다.

○○○(남, 59세)

사망 후 경과일 : 0일. 영한대학교 응급실에서 심장정지로 사망.
보상 : 능력

태수의 눈이 휘둥그레졌다.

'보상이 능력이라고?'

영혼의 이름이 확실하게 나타나지 않았으니 어떤 능력인지도 아직은 표시가 되지 않는 모양이었다.

시간이 흐르면 이름과 능력이 표시되지 않을까?

태수는 기운의 형태로 뭉쳐져 있는 눈앞의 영혼을 바라보며 흥분한 목소리로 중얼거렸다.

"영혼흡수."

화르르르륵.

현기증과 함께 서늘한 기운이 몸 안으로 스며들었다.

그토록 찾아다니던 능력을 보상으로 주는 영혼이다. 어디로 사라지기 전에 얼른 흡수를 하고 싶었던 것이다.

근데 분명 흡수를 한 것 같은데 몸에선 아무런 변화를 느낄 수가 없었다.

'뭐야? 대체 무슨 능력을 보상으로 준다는 거야?'

태수는 옥상으로 올라가는 엘리베이터의 버튼을 바라보며 한숨을 내쉬었다.

분명 응급실에서 만난 영혼을 흡수했고 보상이 능력이라는 문자가 떴는데 그 어떤 변화도 느껴지지가 않았던 것이다.

'왜 아무런 변화도 없는 거지? 능력이 뭐 숨 쉬기 그런 건가?'

태수가 허탈하게 고개를 흔들며 엘리베이터에서 내려 옥상으로 나갔을 때였다. 주변 건물 불빛이 흐릿하게 비치는 옥상에 누군가 서 있는 모습이 보였다.

'누구지?'

퇴마하는
톱스타

게다가 그 누군가가 어둠 속에서 혼자 뭐라고 중얼거리는 게 아닌가.

'저거 혹시…… 송현주 아냐?'

무슨 일인지 송현주가 어둠을 향해 혼자 뭐라고 말을 하고 있었다. 모르는 사람이 봤다면 흡사 미친 사람이 아닐까 생각했을 모습이다.

"오빠는 항상 이런 식이야. 현정이라는 여자는 또 누구야? 언제부터 사귄 거야?"

"거래처 직원하고 휴일 날 왜 등산을 가? 그것도 단둘이서!"

"길 가는 사람을 붙잡고 물어봐, 그게 말이 되는지. 당신이란 사람 속에는 뭐가 들었기에 그렇게 뻔뻔할 수가 있어?"

가만히 듣다 보니 연기 연습을 하는 모양.

태수는 저도 모르게 숨을 죽이고 송현주를 지켜봤다.

"됐어! 다 끝났어. 이젠 정말 끝났다고!"

송연주가 어둠을 향해 분노와 원망을 쏟아 냈다. 가냘픈 송현주의 몸에서 어떻게 저런 엄청난 에너지가 뿜어져 나올까 신기할 정도였다.

예전에 학교 다닐 때 영연과 학생들이 연습실에서 연습하는 모습을 여러 번 봤다.

학교 다닐 때 미스터리클럽에서 소설을 써서 영화를 만드는 꿈을 꿨기 때문에 영연과 학생들하고도 교류가 빈번했던 것이다.

당시 영연과 학생들의 연기는 아무래도 어설프고 자연스럽지 못했다.

근데 송현주의 연기는 확실히 달랐다. 역시 규모 있는 소속사에 속한 배우라는 생각이 들었다.

배역에 몰입한 송현주는 지난번 태수가 만났던 사람이 맞나 싶을 정도로 분위기가 완전히 달랐다. 저런 게 바로 배우의 연기력이라는 걸까.

송현주가 눈앞에 보이지 않는 상대가 있는 것처럼 몸부림을 쳤다.

"놔, 놓으란 말야! 비켜, 이 나쁜 놈아!"

몸부림을 치던 송현주가 마침내 얼굴을 감싸고 흐느꼈다.

태수는 짧은 순간이었지만 배우가 얼마나 매력적인 직업인지 처음으로 깨달았다. 왜 배우들이 밥을 굶으면서까지 연기를 하려고 하는지도 어렴풋이 알 것 같았다.

심지어 이런 생각까지 들었다.

'아, 나도 한 번쯤 연기를 해 볼 기회가 있었으면.'

송현주가 서서히 감정을 추스르곤 평상에서 대본을 집어 들었다.

다시 연기를 시작할 모양.

태수가 헛기침을 하며 앞으로 걸어 나갔다. 마음은 계속 지켜보고 싶지만 송현주에게 허락을 받지 않은 일이라서 실례가 될 것 같았다.

송현주가 태수를 돌아보고는 당황한 표정을 지었다.

"계속 거기 있었어요?"

"미안해요, 일부러 보려고 한 건 아닌데 혹시라도 몰입이 깨질까 봐."

송현주가 손을 내저으며 말했다.

"아니에요. 태수 씨가 미안해할 일은 아니죠. 신경 쓰지 말아요. 그냥 제가 좀 창피해서 그런 거니까."

"창피하긴요. 연기 정말 잘하시던데."

송현주가 희미하게 웃으며 말했다.

"아니에요. 아직 멀었어요."

"혹시 드라마에 나오는 거예요?"

송현주가 웃으며 고개를 흔들었다.

"아뇨, 무슨. 오디션 준비하는 거예요."

"어떤 오디션인데요?"

"대단한 건 아니에요. 6월부터 QSB에서 시작하는 〈최고의 사랑〉이라는 미니시리즈가 있거든요. 거기 조조연급 오디션이 있어서요."

조조연급이면 보통 주인공을 받쳐 주는 배역으로 알고 있다. 흔히 말하는 씬스틸러라는 배우가 탄생할 때도 조조연급에서 나오는 경우가 꽤 많은 걸로 알고 있다.

극의 흐름을 좌지우지하진 않지만 스토리의 부족한 부분을 메우거나 분위기의 전환이 필요할 때 약방의 감초처럼 등장하는 배역이다.

"조조연급이면 충분히 욕심을 부려 볼 만한 배역 아닌가
요?"

"어? 이쪽 방면으로 좀 아세요?"

"예전에 학교 다닐 때 영화에 관심이 많았거든요."

"아, 네. 사실 되기만 하면 너무 좋죠. 제가 여태까지 제일
잘 맡은 배역이 미니시리즈 〈하늘〉에서 고정단역 맡은 게 전
부였거든요."

고정단역보다는 조조연이 확실히 낫다. 고정단역이 기계
적인 배역이라면 조조연은 확실하게 캐릭터가 주어지는 경
우가 많다.

배우가 어떻게 연기하느냐에 따라 얼마든지 진화하고 비
중도 늘어날 수 있는 배역.

송현주 같은 위치의 배우라면 그야말로 한 단계 도약할 수
있는 절호의 기회인 셈.

"사실 소속사에서 이번 오디션에 다른 친구 내보내려고 했
거든요. 근데 제가 부탁도 하고 우겨서 나가는 거예요."

"아니, 드라마 출연하는 것도 아니고 오디션 보는 것도 마
음대로 못 해요?"

"소속사 입장에서는 배우가 중복되지 않게 해야 제작사 쪽
에 말이라도 한번 넣어 볼 수가 있거든요."

확실하게 한 명을 밀어야만 승산이 있다는 소리.

'세상에, 오디션 보는 것도 경쟁이라니.'

태수에겐 그 모든 것들이 다른 세상 얘기처럼 들렸다.

"사실은 그때 대표님하고 싸운 것도 그것 때문이에요. 내가 오디션 내보내 달라고 계속 조르니까 담당 피디하고 술자리 잡아 줄 테니 알아서 언질을 받으라잖아요. 참나."

송현주는 당시의 불쾌함이 다시 떠오르는지 잔뜩 인상을 찡그렸다.

그런 자리에서 연예계 성상납이니 하는 불미스러운 일들이 벌어지곤 하는 것이다.

이렇게 연기를 잘해도 기회조차 주어지지 않는다니, 배우 입장에선 정말 답답할 것 같았다.

"그래서 어떻게 됐어요?"

"대표님한테 정말 한 번만 기회를 달라고 매달렸죠. 그렇게 어렵게 오디션 보게 된 거예요."

"아무리 그래도 어떻게 소속사에서 기회조차 안 줄 수가 있지?"

태수의 말에 송현주가 고개를 흔들었다.

"아니에요. 대표님도 이해는 돼요. 사실은 저 대신 나가려고 했던 애가 요즘 분위기가 괜찮거든요. 강미현이라고 저희 소속산데 인지도는 걔가 저보다 확실히 있으니까."

태수는 평소 드라마를 잘 보지 않아서 유명 배우가 아니면 이름은 알지 못했다.

"나도 모르겠는데 무슨 인지도가 있어요?"

송현주가 웃으며 말했다.

"일반 시청자들하고 업계 사람들이 보는 건 달라요. 걔가 얼마 전에 종영한 〈굴레〉라는 미니시리즈에서 서브조연으로 주목을 받았어요. 연기는 못하는데 캐릭터가 워낙 튀었거든요. 이 바닥은 운이 필수예요."

그러면서 입을 삐죽 내미는 송현주의 눈가에 살짝 물기가 비쳤다.

문득 저 눈물을 환한 웃음으로 바꿔 줄 수 있다면 얼마나 좋을까라는 생각이 태수의 머릿속을 떠돌다 사라졌다.

자신이 피디나 감독이라면 그런 놀라운 기적을 만들 수가 있을 텐데.

그렇게 생각하니 명호가 왜 그렇게 거드름을 피우면서 잘난 체했는지 이해가 갔다.

"제가 방금 중학교 동창 모임에 갔다 왔거든요. 근데 동창 중에 한 녀석이 영화감독이에요. 이번에 해외 영화제에서 상도 탔다고 하더라고요."

순간 송현주의 눈빛이 이전보다 몇 배는 더 밝아지며 초롱초롱하게 빛이 났다.

'배우에게 감독이란 이런 존재구나.' 하는 걸 단번에 느낄 수 있는 변화였다.

송현주가 물었다.

"영화감독요? 이름이 어떻게 돼요?"

"아, 신인 감독이라 잘 모를 거예요. 〈꿈속에서〉라는 독립 영화로 상을 받아서 이번에 〈오래된 기억〉인가? 상업 영화 연출한다고 하던데."

송현주의 목소리가 갑자기 높아졌다.

"오래된 기억요? 혹시 조인수하고 강동운 캐스팅된 그 영화 아니에요?"

"어, 맞아요. 어떻게 알아요?"

"당연히 알죠. 그 감독 이름이 혹시 이명호 감독님 아니에요?"

이번엔 송현주보다 태수가 더 놀랐다. 송현주가 명호의 이름까지 알고 있다는 게 너무 신기했다.

"명호, 아니 이명호 감독을 잘 알아요?"

"잘 알지는 못하지만 〈꿈속에서〉가 이번에 아시아 영화제에서 상 받은 건 알고 있죠. 그 영화에 제가 아는 선배가 주연을 맡았거든요. 한혜린이라고."

"아, 그래요?"

태수가 시무룩하게 대답하자 송현주가 다시 물었다.

"정말 이명호 감독님하고 친하세요?"

"아, 예. 중학교 때는 단짝 친구였죠. 그 친구는 시나리오 쓰고 난 소설을 썼거든요. 저번에 현주 씨가 그랬잖아요. 제가 소설 얘기하면서 누구랑 엄청 싸우는 거 봤다고."

"네."

"그때 통화하던 사람이 명호예요."

송현주의 눈이 휘둥그레졌다.

"정말요? 이명호 감독님하고 그렇게 막 소리를 지르는 사이예요?"

"아니, 뭐 어릴 때부터 친구니까."

"정말 친한가 봐요."

지금은 전혀 친하지 않다고 말해 주고 싶었지만 왠지 송현주를 실망시키고 싶지 않았다.

태수는 대신 얼른 화제를 돌렸다.

"잘되고 있어요?"

"뭐가요?"

"오디션 준비요."

"아……."

그제야 송현주가 고개를 격하게 흔들었다.

"내일이 오디션인데 도무지 대사가 입에 붙질 않네요. 아직 캐릭터 분석을 제대로 못한 건지. 이러다가 미현이하고 둘 다 떨어지면 그 원망이 모두 나한테 쏟아질 텐데."

"에이, 떨어지긴 왜 떨어져요. 내가 보기에 연기 정말 잘하던데."

형식적인 말이 아니라 솔직한 심정이었지만 송현주는 그다지 신경 쓰지 않는 눈치였다. 똑같은 얘기를 명호가 했다면 반응이 180도 달라졌겠지.

송현주가 물었다.

"혹시 연기 해 봤어요?"

"예?"

"아무래도 상대역이 없으니까 감정을 잡는 데 한계가 있어서요. 부탁 좀 할게요."

하긴 혼자서 상상만으로 연기의 감정을 잡기는 힘들 것이다. 아무래도 상대하고 같이 감정을 부딪치면서 올라오는 감정하고는 다르겠지.

지금까지 연기를 해 본 적은 한 번도 없지만 대사를 읽어 주는 정도는 충분히 할 수 있다.

"연기는 못하지만 대사를 읽어 주는 정도는 할 수 있어요."

"그 정도만 해 주셔도 충분해요."

송현주가 웃으며 태수가 맡을 역할을 설명했다. 그냥 대사만 읽더라도 상황을 알고 있는 게 훨씬 나으니까.

태수가 맡을 역할은 송현주가 맡은 김지희의 남편, 강희철이다.

김지희는 서브주연인 윤영선의 절친이다. 윤영선은 다름아닌 송현주의 소속사 BA엔터테인먼트의 걸 그룹 핑크레벨의 리드보컬인 소현이 맡았다고 했다.

핑크레벨이라면 태수도 좋아하는 걸 그룹이다. 멤버들 개인에 대해서는 잘 모르지만 상큼한 안무도 좋고 톡톡 튀면서 반복되는 리듬 또한 한번 들으면 하루 종일 흥얼거리게 만드는 마력이 있다.

"제가 맡은 지희는 고등학교 동창인 영선의 친구 역할이에요. 영선은 극중에서도 아이돌 가수로 설정돼서 재벌 남친하고 결혼을 앞두고 있고. 여러 가지로 마음고생이 심해서 일찍 결혼한 지희를 찾아와 도움을 청하곤 해요."

대충 머릿속에 그림이 그려졌다. 다른 건 몰라도 어차피 이야기 구조는 소설이나 드라마 대본이나 크게 다르진 않으니까.

"근데 지희의 남편인 강희철이 도움이 안 되는 철부지인 거예요. 맨날 바람피우고 사고 치고. 그 남편 역할을 태수 씨가 하는 거예요."

"알았어요. 열심히 해 볼게요."

송현주가 대본을 건네주며 말했다.

"그거 보고 해요, 난 다 외웠으니까. 원래는 오디션 볼 때 대본 못 구하는데, 저희 대표님이 이번에 특별히 힘을 썼다고 자랑하더라고요."

아마도 조연을 맡은 핑크레벨 소현의 루트를 통해서 대본을 구한 모양.

분량이 적은 조연이나 단역의 경우 역할에 대한 대본만 받으면 아무래도 캐릭터를 분석하는 데 한계가 있다.

반면 이렇게 대본이 있으면 전체적인 분위기를 파악하고

들어가니까 한결 유리할 수밖에 없다.

소속사에 힘이 있느냐 없느냐에 따라 이런 부분에서도 차이가 난다는 사실에 태수는 새삼 놀라웠다.

대본의 표지에는 〈최고의 사랑〉이라는 제목이 적혀 있었다.

아직 방영도 되지 않은 드라마의 대본이 손에 있다고 생각하니 마음이 묘하게 설렌다.

태수도 그런데 하물며 송현주 같은 무명 배우의 마음은 오죽할 것인가.

처음엔 가볍게 생각했는데 막상 대본을 보니 마음가짐이 달라졌다.

"이제 시작할게요."

촉촉하던 송현주의 눈빛에 갑자기 증오가 떠올랐다.

송현주의 낯빛이 변하더니 태수를 밀어붙이듯이 다그쳤다.

"오빠는 항상 이런 식이야. 현정이라는 여자는 또 누구야? 언제부터 사귄 거야?"

태수가 대본을 보며 희철의 대사를 했다.

"그거 당신이 오해한 거야. 사귀긴 무슨, 그냥 거래처 직원이야."

"거래처 직원하고 휴일 날 왜 등산을 가? 그것도 단둘이서!"

시작은 그저 대사를 읽어 주는 정도의 가벼운 마음이었지만 진지한 송현주의 연기를 대하니 이쪽에서도 최대한 맞춰야겠다는 생각이 들었다.

게다가 대본을 읽다 보니 신기하게도 희철이라는 캐릭터가 어떻게 대사를 하고 행동을 해야 할지 머릿속에 생생하게 떠오르는 게 아닌가.

태수는 자신이 느끼는 대로 희철의 캐릭터에 맞춰서 대사를 했다.

대본상 희철의 캐릭터는 아내인 지희에게 딱딱하게 변명을 하는 느낌으로 기술되어 있었지만 왠지 그건 맞지 않을 것 같았다.

대신 태수는 희철의 캐릭터를 살짝 마마보이 같은 느낌으로 손으로 머리를 긁적이며 얼버무리듯이 대사를 했다.

"내가 원래 거래처 사람들하고 등산 자주 다녀."

"길 가는 사람을 붙잡고 물어봐, 그게 말이 되는지. 당신이란 사람 속에는 뭐가 들었기에 그렇게 뻔뻔할 수가 있어?"

"알았어. 다음부터는 절대로 단둘이 여자 안 만날게."

사실 이 부분도 대본상의 느낌은 희철의 대사가 차갑고 딱딱한 분위기였다.

하지만 태수는 애교를 부리듯이 톤을 바꾸고 마지막의 대사도 '안 만날게'를 '안 만날 거야'로 바꿔서 대사를 했다.

"알았어, 헤헤. 다음부터는 절대로 단둘이 여자 안 만날 거야."

그러자 느낌이 이전과 전혀 달라졌다.

송현주가 더욱 차가운 태도로 말했다.

"됐어! 다 끝났어. 이젠 정말 끝났다고!"

대본상의 대사는 '뭐가 끝나? 그만 좀 하자.'라고 하면서 살짝 파탄이 나는 분위기로 되어 있었다.

근데 아무리 생각해도 그런 톤으로 연기를 하면 재미도 없고 뭔가 캐릭터에 맞지 않는다는 생각이 들었다.

대신 태수는 이번에도 칭얼거리듯이 매달렸다.

"뭐가 끝나아~ 그만 좀 해에~."

그러면서 태수가 매달리듯이 팔을 잡자 송현주가 뿌리치면서 소리쳤다.

"놔, 놓으란 말야! 비켜, 이 나쁜 놈아!"

마지막 대사에서 송현주는 거의 비명을 지르듯이 감정이 올라왔다.

확실히 혼자 할 때보다 연기에 몰입도가 높아졌다. 또 희철의 캐릭터가 칭얼거리는 쪽으로 바뀌자 상대적으로 송현주의 연기가 더 살아났다.

주고받는 연기가 끝나고 감정을 추스른 송현주가 의외라는 듯 말했다.

"와우, 기대 이상인데요? 정말 연기 처음이에요?"

"현주 씨가 워낙 몰입을 하니까 나도 모르게."

"확실히 소설을 써서 그런지 캐릭터에 대한 이해가 빠르시네요. 희철이 어눌한 말투로 머리 긁적이며 변명한 거 일부러 설정하신 거예요?"

"아, 예. 왠지 그런 캐릭터일 것 같아서."

"와우, 그렇게 변명하는 희철이 모습이 캐릭터에 훨씬 잘 어울리는 것 같아요. 내가 계속 대사가 입에 안 붙었던 게 그것 때문이었나?"

임기응변으로 했던 행동인데 다행히 송현주도 마음에 들었던 모양.

송현주가 진지한 눈빛으로 물었다.

"지희 캐릭터는 어떤 것 같아요? 뭔지 모르지만 희철이하고 부부 케미가 잘 안 맞는 것 같은 느낌이 자꾸 드는 거예요."

그렇잖아도 연기를 하면서 지희 캐릭터에 대해 송현주에게 해 주고 싶은 말이 있었다.

송현주가 연기를 잘하긴 하지만 지희 캐릭터에 대한 분석을 잘못했다는 생각이 들었던 것이다.

"제 생각에는 지희 캐릭터가 너무 강한 것 같은데요."

"강하다고요?"

"네."

지금까지 송현주의 연기를 보면 어떻게든 지희 캐릭터를 강하게만 표현하려고 애쓰는 모습이 보였다.

바람피운 남편한테 원망을 쏟아 내는 캐릭터니까 당연히

퇴마하는 톱스타

그렇게 생각했겠지.

다만 그렇게 되면 지희와 희철의 캐릭터가 충돌하는 문제가 생긴다.

둘 다 강하니까.

"대본을 쓴 작가가 지희와 희철 부부를 서브 캐릭터로 생각했다면, 너무 정극 연기보다는 살짝 코믹스러운 느낌을 더 좋아하지 않을까요?"

송현주가 전혀 예상치 못했다는 듯 목소리를 높였다.

"코믹요?"

"네. 희철은 사고 치고 지희는 그런 희철 때문에 매일 골치가 아픈데 너무 강하게 화를 내면 둘의 관계가 유지될 수 있을까요?"

송현주가 고개를 흔들었다.

"그래도 코믹하게 표현을 하는 건 너무 무리인 것 같은데요. 대본을 보면 작가님도 지희 캐릭터를 코믹한 의도로 표현한 것 같진 않거든요."

"물론 대본상으로는 그렇죠. 어쩌면 작가도 지희와 희철 부부 캐릭터에 대해서는 확실한 정리가 되지 않았을 수도 있지 않을까요?"

"네에?"

송현주가 말도 안 된다는 표정으로 인상을 찡그렸다.

작가도 캐릭터 정리가 되지 않았을 수 있다는 태수의 얘기가 너무 황당하게 들렸던 것이다.

송현주 같은 신인 배우들의 경우는 작가가 주는 대본에서 토씨 하나라도 잘못되면 큰일 나는 줄 알고 연기를 한다. 그러니 대본이 잘못됐을 수도 있다는 생각은 아예 꿈도 꿀 수가 없다.

태수는 자신이 얘기를 하고도 스스로 놀랐다.

'내가 어떻게 이런 걸 이렇게 잘 파악을 하는 거지?'

하긴 드라마든 소설이든 **표현** 방식은 다르지만 기본적인 스토리 구조는 비슷하다. 캐릭터를 설정하는 과정도 마찬가지고.

대단한 글은 아니지만 자신도 소설을 쓰는 창작자의 입장이다. 같은 창작자의 입장에서 보면 대본의 허술한 부분이 눈에 띄는 것이다.

작가가 신이 아닌 이상 부족한 부분이 있기 마련. 실제로 드라마를 보면 처음엔 어설픈 캐릭터가 화가 거듭되면서 자리를 잡아 가는 경우가 많지 않나.

물론 다 맞는 말이지만 이전에는 이런 식으로 분석적인 생각을 해 본 적이 거의 없다는 것.

'갑자기 대본을 보는 눈이라도 생긴 건가?'

그사이에도 송현주에게 하고 싶은 얘기가 계속해서 떠올랐다.

"만약 두 사람의 갈등이 너무 정극 분위기로 흘러가면 둘

만의 얘기가 더 필요하고 그렇게 되면 분량도 늘어나겠죠. 아무 이유도 없이 서브 캐릭터의 분량이 늘어나는 건 작가가 바라는 바가 아닐 테고."

송현주가 팔짱을 끼면서 생각에 잠겼다. 태수의 얘기가 묘하게 설득력이 있었다.

태수 말대로 지희가 너무 강하게 희철을 몰아붙이면 둘의 이야기가 더 필요해진다. 근데 둘의 분량은 매화마다 5분을 넘지 않는 정도다.

'정말 작가님이 둘의 캐릭터에 대한 정리를 아직 확실하게 하지 않은 걸까?'

그렇다고 지희 캐릭터를 코믹하게 간다는 건 너무 파격이고 위험했다. 비록 태수가 소설을 쓴다고는 하지만 전문 작가도 아니고.

태수가 말했다.

"너무 대놓고 코믹으로 가라는 게 아니라 지희를 엄마 같은 캐릭터로 설정하면 어때요? 남편인 희철을 철없는 아들처럼 생각하고 어쩔 수 없이 데리고 사는 걸로. 그럼 둘을 바라보는 시청자 입장에서도 더 재미가 있을 것 같은데. 캐릭터의 맛도 살아날 것 같고. 정극은 너무 밋밋하잖아요."

"엄마처럼?"

송현주는 혼란스러운 표정으로 대본을 들여다봤다.

처음엔 태수 얘기가 황당하게 들렸는데 곰곰이 생각해 보니 일리가 있는 얘기였다.

지금까지 자신이 계속 캐릭터의 감을 잡지 못하고 갈팡질팡한 것도 두 캐릭터가 서로 어울리지 않았기 때문이 아니었을까.

한동안 대본을 들여다보던 송현주가 말했다.

"그럼 우리 그런 캐릭터로 바꿔서 한 번 더 해 볼까요?"

"좋죠."

태수가 고개를 끄덕이자 송현주가 심호흡을 했다. 만약 잘못된 판단이라면 내일 오디션에서 그야말로 웃음거리가 될 수 있었다.

강미현은 물론 다혈질인 박진성 대표한테도 무슨 욕을 들어 먹을지 모르는 일이다.

송현주가 마치 잡아먹을 것처럼 눈에 힘을 주고 달려들던 이전과 달리 이번에는 엄마가 철없는 아들을 추궁하는 것 같은 톤으로 말했다.

증오의 감정보다는 희철의 모든 마음을 들여다보는 것 같은 초월자적 관점이라고 할까.

"오빠는 항상 이런 식이야. 현정이라는 여자는 또 누구야? 언제부터 사귄 거야?"

태수가 대본을 보며 희철의 대사를 했다.

"그거 당신이 오해한 거야. 사귀긴 무슨, 그냥 거래처 직원이야."

"거래처 직원하고 휴일 날 왜 등산을 가? 그것도 단둘이서!"

태수가 선생님 앞에서 잘못을 저지른 학생처럼 말을 얼버무렸다.

"내가 원래 거래처 사람들하고 등산 자주 다녀."

"길 가는 사람을 붙잡고 물어봐, 그게 말이 되는지. 당신이란 사람 속에는 뭐가 들었기에 그렇게 뻔뻔할 수가 있어?"

"알았어, 헤헤. 다음부터는 절대로 단둘이 여자 안 만날 거야."

그러자 느낌이 이전과 전혀 달라졌다.

송현주가 더욱 차가운 태도로 말했다.

"됐어! 다 끝났어. 이젠 정말 끝났다고!"

태수가 칭얼거리듯이 매달렸다.

"뭐가 끝나아~ 그만 좀 해에~."

그러면서 태수가 팔을 잡자 송현주가 차갑게 뿌리치는 대신 싫지 않은 듯, 못 이기는 척 대사를 했다.

"놔아~ 놓으란 말야. 비켜, 이 나쁜 놈아아~."

이전에는 워낙 몰입을 한 탓에 연기가 끝나고도 한동안 여운이 강했는데 지금은 금방 평정심을 찾을 수가 있었다.

태수가 말했다.

"어때요? 이전에는 마지막에 뭔가가 더 있어야 할 것 같은 느낌인데 지금은 확실하게 마무리가 되는 것 같지 않아요?"

송현주도 확실히 그런 느낌을 받았다.

"그런 것 같아요. 근데 이 느낌이 맞을지는 저도 잘 모르겠네요."

실은 태수도 자신의 의견을 강하게 말하기엔 부담이 있었다. 갑자기 분명한 느낌들이 떠오르긴 했지만 자신이 전문가도 아닌데 괜히 잘못 제안했다가 나중에 원망을 들을 수도 있으니까.

생각에 잠겨 있던 송현주가 조심스럽게 물었다.

"부탁 하나만 해도 될까요?"

"뭔데요?"

"혹시 시간 괜찮으시면 저하고 내일 오디션에 같이 가 주시지 않을래요?"

"네에?"

"원래는 회사 차 타고 미현이랑 같이 갈 예정이었는데 좀 불편할 것 같아서 혼자 가려고요. 그리고 혹시라도 지희 캐릭터에 대해 상의할 일이 생기면······."

더 들어 볼 필요도 없이 태수가 대답했다.

"네, 같이 가요. 저도 오디션 현장이 어떤 분위기인지 구경하고 싶으니까."

오디션은 〈최고의 사랑〉 제작사 엔젤하트 인근 연기 학원에서 진행됐다.

메인 연습실에서 오디션이 진행됐고 나머지 지원자들은 사무실 및 다른 연습실에서 대기했다.

태수는 다른 오디션 지원자들과 함께 연습실 간이 의자에 앉아 있었다.

오늘 오디션은 고정단역과 서브 캐릭터까지 뽑는 오디션이라 지원자 수가 많았고 전체적으로 어수선한 분위기였다.

얼굴을 알 만한 배우는 없었지만 간혹 눈에 익은 얼굴들은 있었다. 주조연급은 아니지만 고정단역으로 드라마 등에 자주 얼굴을 내미는 배우들이었다.

송현주는 소속사 매니저와 한창 얘기를 나누는 중이었다.

'와, 정말 다들 예쁘네.'

태수는 어리둥절한 얼굴로 연신 주위를 둘러봤다.

대부분 여성 연기자들이었는데 시선을 어디에 둬야 할지 모를 정도로 하나같이 미모가 빼어났다.

'얼굴은 기본으로 예쁘니까 얼굴만 예뻐서는 절대 뜰 수가 없겠네.'

지원자들 대부분은 종이 한 장에 프린트된 지정 연기 대본의 대사를 외우느라 다들 여념이 없었다.

송현주가 태수의 옆자리로 와서 말했다.

"저기 통화하는 애 보이죠?"

송현주가 가리킨 사람은 커피를 마시며 여유롭게 휴대폰 통화를 하는 여자.

다른 지원자들의 힐끗거리는 시선을 보니 여기서는 그나마 인지도가 있는 연기자인 모양이었다.

"제가 말한 강미현이에요."

송현주의 말에 태수도 새삼스럽게 여자를 눈여겨봤다.

어제 송현주가 말한 같은 소속사의 경쟁자였다. 조막만 한 얼굴에 눈이 동그란 치와와처럼 생긴 인상이었다.

그러고 보니 태수도 어디선가 본 적이 있는 듯 낯이 익었다. 깊은 연기보다는 가볍게 톡톡 튀는 이미지로 몇 번 본 기억이 났다.

사실 시청자에게 그 정도의 기억을 남겼다는 것만으로도 연기자에겐 엄청난 자산이다.

강미현도 송현주를 힐끗거리며 견제하는 눈빛을 보냈다. 송현주와 나란히 앉은 태수에 대해서도 궁금해하는 눈치고.

"오늘따라 왜 이렇게 떨리지?"

송현주가 잔뜩 긴장한 얼굴로 연신 심호흡을 했다. 아무래도 무리하게 참여한 오디션이다 보니 떨어지면 안 된다는 부담감이 큰 모양.

오디션을 보는 연습실의 문이 열리며 제작부 스태프가 걸어 나왔다.

"15분간 휴식 후 시작하겠습니다."

스태프의 뒤로 드라마 관계자인 것 같은 사람들이 밖으로 걸어 나왔다.

그들을 눈여겨보던 송현주가 눈빛을 빛내며 말했다.

"저기 안경 낀 분이 연출 맡으신 정해일 감독님이에요. 감독님 옆에 있는 분이 양혜진 작가님이시고."

태수도 감독과 작가가 누군지 호기심에 고개를 기웃거렸다.

평소 감독이나 작가를 그렇게 대단한 존재라고 생각하지 않았다. 근데 오디션장에서 바라본 감독과 작가는 그야말로 왕처럼 보였다.

"커피 뽑아 줄까요? 아래층에 커피숍 있던데."

태수의 말에 송현주가 손사래를 쳤다.

"아니에요. 태수 씨가 일부러 와 줬는데 커피는 제가 사야죠. 뭐 마실래요?"

"그러지 말고 앉아 있어요. 지금은 대본에만 집중하고. 미안하면 나중에 밥이나 한 끼 사 주든가."

송현주가 미안해하는 표정으로 말했다.

"알았어요. 그럼 신세 지는 김에 아메리카노 부탁할게요."

"오케이."

태수가 아래층 커피숍에서 아메리카노 한 잔과 카페라테 한 잔을 주문하고는 진동 벨을 들고 기다리는데, 커피숍 한쪽 구석에 낯익은 사람들이 앉아 있는 게 보였다.

바로 〈최고의 사랑〉 감독과 작가를 비롯한 관계자들이었다.

진동 벨이 울리며 알바생이 말했다.

"카페라테, 아메리카노 나왔습니다."

태수는 커피 두 잔을 받아 들고 커피숍을 나가는 대신 다른 테이블에 자리를 잡고 앉았다.

태수가 송현주에게 카톡을 보냈다.

커피 배달 조금 늦을지도 몰라요.

송현주가 곧바로 답을 했다.

네. 상관없어요.

태수는 반대편에서 감독과 작가 일행을 유심히 지켜봤다.

뭔가 안 풀리는 일이 있는지 감독과 작가 사이에 작은 논쟁이 오갔다.

그 사이에 있는 관계자 두 명이 두 사람을 말리느라 애를 쓰고 있었다.

뭔가 모르지만 나름 심각한 논의를 마친 일행이 커피숍을 나갔다.

태수는 그들이 앉아 있던 자리로 얼른 옮겨 앉았다. 혹시라도 송현주에게 도움이 될 만한 얘기가 있는지 영능력으로 알아볼 작정이었다.

태수가 감독과 작가가 마주 앉아 있던 자리에 손바닥을 펼치고는 주문을 읊었다.

'사이코메트리.'

화르르르륵.

공기가 흔들리며 방금 전 정해일 감독과 양혜진 작가가 나눴던 대화와 장면들이 허공에 재생되어 나타났다.

−양 작가님, 지난번에도 말씀드렸다시피 아무리 봐도 지희하고 희철이 캐릭터가 재미가 없어요. 어차피 서븐데 캐릭터적으로 재미가 없는 커플을 굳이 넣을 필요가 있을까요?

−물론 지금은 그렇지만 극이 전개되면 둘 사이에 케미가 일어날 거예요.

−글쎄요, 오전에 애들 연기하는 거 보셨죠? 이 캐릭터 절대 쉽지 않습니다. 그냥 우리 애네들은 빼고 가죠.

양혜진 작가가 단호한 표정으로 고개를 흔들었다.

−그건 곤란해요. 지희가 없으면 영선이가 힘들 때 찾아가서 하소연할 곳이 없어져요. 지희한테 하소연하는 과정에서 선영이의 속마음을 드러내야만 하는데, 지희가 없으면 어떡해요?

−물론 그런 의도는 알겠는데 너무 재미가 없으니까.

정해일 감독이 골치 아프다는 듯 머리를 북북 긁다가 말했다.

ㅡ진짜 미치겠네. 왜 둘 사이에 케미가 안 생기지? 지희 캐릭터를 더 표독스럽게 만들어야 하나?

이번에도 양혜진 작가가 브레이크를 걸었다.

ㅡ그건 아닌 것 같아요. 그렇게 되면 오히려 걔들 분량이 더 늘어나게 돼요.

양혜진 작가의 말에 태수는 저도 모르게 탄성을 흘렸다. 자신이 어제 송현주에게 했던 것과 똑같은 말을 드라마 작가가 한 것이다.

정해일 감독도 고개를 끄덕이며 동의했다.

ㅡ아무래도 그렇겠죠? 아이씨, 어떡하지? 이러지도 저러지도 못하고.

양혜진 작가가 말했다.

ㅡ감독님, 이렇게 하죠. 일단 3화까지 대본이 나와 있으니까 그때까지 끌고 가 보고 계속 밋밋하면 다른 방법을 찾는 걸로.

ㅡ알겠습니다. 일단은 그렇게 하죠.

양혜진 작가가 말했다.

ㅡ그나저나 난감하네요. 오전에 마음에 드는 연기자가 아무도 없었는데.

ㅡ생각보다 지희 캐릭터가 어려워서 그래요. 작가님은 쉽

게 쓰지만 그걸 구현하는 저희의 어려움도 좀 헤아려 주십시오.

정해일 감독의 말에 양혜진 작가가 웃으며 말했다.

—미안해요. 초반만 잘 넘기면 괜찮을 거예요.

태수가 감았던 눈을 떴다.

짜릿한 희열이 전신을 휘감았다.

자신이 생각했던 문제점을 감독과 작가도 똑같이 인식하고 있다는 걸 확인한 것만으로도 전율이 일었다.

지금까지 소설만 쓴 자신이 어떻게 그런 분석을 할 수가 있었는지 신기했다.

아마도 감독과 작가는 오랫동안 스토리에 빠져 있다 보니 다른 시각으로 캐릭터를 바라볼 생각 자체를 못 한 것이다.

태수는 즉시 대기실로 달려 올라갔다.

그사이에 송현주가 오디션을 보러 들어가지 않았을까 조바심이 일었다.

다행히 대기실에서 대본을 보고 있는 송현주가 보였다.

"미안해요. 커피가 좀 식었네요."

히죽 웃는 태수를 수상쩍게 바라보며 송현주가 물었다.

"어디 갔다 온 거예요?"

태수가 다른 지원자들이 듣지 못하도록 낮은 소리로 속삭였다.

"어제 제가 말한 그 캐릭터로 연기하세요. 감독하고 작가가 얘기 나누는 걸 들었는데, 제가 어세 얘기한 것과 거의 비슷했어요."

사실 감독과 작가의 얘기를 들었다는 건 거짓말이지만 둘이 그런 대화를 나눴다는 건 진실이었다.

송현주가 놀라서 되물었다.

"그게 정말이에요?"

"네, 지금까지 대본이 3화까지 나왔는데, 지희하고 현철이 캐릭터가 서로 어울리지를 못해서 이후엔 두 사람을 극에서 아예 뺄 수도 있다고 했어요."

"아, 그럼 어떡해요?"

송현주의 얼굴에 혼란스러운 표정이 떠올랐다. 태수의 말이 사실이라면 기껏 오디션에 붙어도 2주 후에는 하차해야한다는 소리다.

물론 방법은 있다. 송현주가 오디션장에 들어가서 지희의 캐릭터가 재미있다는 걸 보여 주면 된다. 희철 캐릭터하고의 케미 가능성도 보여 주고.

"오디션장에 들어가면 희철이 대사는 누가 해요?"

"음, 아마 제작부 스태프나 조감독님이 할 거예요."

"혹시 그 상대역을 제가 할 수 있을까요?"

지금도 놀라서 한껏 커진 송현주의 동공이 더욱 커졌다.

"네? 왜요?"

"지금 대본에서 지희 캐릭터를 살리려면 상대역인 희철의 캐릭터도 그것에 맞게 반응을 해 줘야만 해요. 그렇지 않으면 지희 캐릭터가 생뚱맞아 보일 수 있거든요."

가만 생각해 보니 태수의 말이 맞았다.

하지만 이건 전혀 생각지도 못한 시도였다. 오디션을 보는 사람도 아닌데 함께 들어가서 상대역을 해 주는 경우는 들어 본 적이 없다. 자칫하면 공정성 문제가 불거질 수도 있고.

대본 속 캐릭터를 멋대로 재해석해서 연기하는 것만도 위험부담이 큰데 자칫하면 작가나 감독한테 안 좋은 이미지로 찍힐 수도 있는 상황.

입술을 깨물며 고민하던 송현주가 결심한 듯 말했다.

"알았어요, 얘기해 볼게요."

송현주가 앞에서 진행을 맡고 있는 스태프에게 다가가 얘기를 건넸다. 고개를 끄덕인 스태프가 오디션장으로 걸어 들어갔다.

스태프가 나올 때까지 둘은 초조하게 오디션장의 문이 열리기만 기다렸다. 이러다가 오디션도 보지 못하고 끝나는 게 아닌지 걱정이 됐다.

잠시 후 오디션장의 문이 열리고 스태프가 나오더니 송현주를 향해 손가락으로 오케이 사인을 했다.

송현주가 가슴에 손을 얹으며 안도의 한숨을 내쉬고는 태수를 돌아봤다.

"해도 된대요. 괜찮겠죠?"

송현주의 절박한 눈빛을 대하자 비로소 긴장이 몰려오기 시작했다.

'맙소사, 내가 지금 무슨 일을 벌인 거야? 소설도 아니고 시나리오나 대본 쪽은 잘 알지도 못하는데 연기까지 해야 하다니.'

송현주에게 어떻게든 도움이 되고 싶다는 바람으로 시작한 일이다. 감독과 작가도 자신과 똑같은 생각을 하고 있다는 걸 확인했고.

하지만 그들 앞에서 연기를 한다는 건 전혀 다른 문제다.

'한 번도 연기라는 걸 해 본 적이 없는데 그걸 잘할 수 있을까? 미친, 내가 송현주와 오디션을 함께 보다니.'

물론 오디션 통과를 목적으로 하는 송현주하고는 입장이 다르지만 유명 감독과 작가가 보는 앞에서 연기를 해야 한다는 사실에는 변함이 없다.

게다가 자신이 희철의 캐릭터를 얼마나 맛깔스럽게 연기하느냐에 따라 지희의 캐릭터도 영향을 받을 테니 부담이 갈 수밖에 없다.

태수가 다급하게 물었다.

"대본 어디 있어요?"

"왜요?"

"대사 외워야죠. 하나도 못 외웠는데."

오히려 송현주가 여유롭게 웃으며 말했다.

"태수 씨는 그냥 대본 보면서 하면 돼요."

하긴 어차피 자신은 오디션을 정식으로 보는 것도 아니니 희철의 캐릭터를 최대한 살리는 쪽으로 송현주를 받쳐 주면 그만이다.

"알았어요, 그렇게 할게요."

일단 대답은 그렇게 했지만 그게 어디 쉬운 일인가.

감독과 작가는 물론 여러 스태프와 관계자들 앞에서 어설픈 연기를 할 생각을 하자 벌써부터 머리가 하얘졌다.

심지어는 희철의 시선을 어디로 둬야 할지, 팔은 어떻게 해야 할지, 어떤 자세로 서 있어야 할지도 신경이 쓰이며 막막한 기분이 들었다.

근데 따지고 보면 그 모든 게 연기다. 드라마나 영화에서 배우들이 하는 별 의미 없어 보이는 동작 하나, 표정 하나도 모두 의도된 것이니까.

"송현주 씨!"

스태프의 부름에 송현주가 자리에서 일어났다.

"가요, 태수 씨."

태수도 엉거주춤 일어나서 송현주의 뒤를 따라 오디션장으로 들어갔다.

태수까지 함께 오디션장으로 들어가자 다른 참가자들이 호기심 가득한 눈길을 보냈다.

특히 강미현은 두 사람한테서 눈길을 떼지 못했다.

오디션장 안쪽은 확실히 바깥하고 공기가 전혀 달랐다. 웃음기 하나 없는 싸늘한 표정의 감독과 작가 그리고 모든 관계자들의 시선이 두 사람에게 꽂혔다.

비로소 심장이 쿵쾅거리기 시작했고 다리가 후들거렸다.

태수는 배우의 입장을 난생처음으로 경험했다.

'후우, 오디션을 본다는 게 이런 거구나. 난 연기는커녕 숨도 제대로 쉬기가 어렵네.'

작가가 송현주의 프로필을 보고 있었고 그 앞에 긴 테이블 위에는 다른 지원자들 프로필이 수북하게 쌓여 있었다.

다행히 송현주는 그렇게 많이 긴장한 눈치는 아니었다.

감독과 작가를 비롯한 관계자들이 호기심 어린 눈빛으로 태수와 송현주를 응시했다. 두 사람이 들어와서 살짝 의아해하는 표정들.

"후우."

태수가 심호흡을 하자 정해일 감독이 물었다.

"오디션은 송현주 씨만 보는 거죠?"

송현주가 얼른 대답했다.

"네, 여기 이분은 희철 대사를 대신해 주려고 따라 들어온 거고요."

이번엔 양혜진 작가가 까칠한 느낌으로 물었다.

"소속사분인가?"

송현주가 얼른 대답했다.

"아뇨, 그냥 아는 분이세요."

"상대역 대사는 여기 스태프가 쳐 주는데 굳이 조력자가 필요한가요? 다른 지원자 입장에서 보면 공정하지 않다고 생각할 수도 있지 않을까?"

스태프들한테 미리 얘기해서 양해가 이루어졌다고 생각했는데 그게 아닌 모양.

연기를 시작하기도 전에 다른 사람도 아닌 작가가 문제제기를 하자 송현주가 당황하는 모습이 역력했다.

송현주는 작가의 물음에 전혀 대답을 하지 못한 채 표정이 굳어졌다. 괜히 저러다가 멘탈이 무너지면 연기까지 망칠 수가 있다.

"왜 대답을 못 해요?"

작가가 재차 날선 질문을 던지자 보다 못한 태수가 나섰다.

"전 배우도 아니고 연기를 해 본 적도 없습니다. 단지 둘이 대본 연습을 해 보니 지희의 캐릭터가 살아나려면 희철의 캐릭터도 그것에 맞게 보조를 맞춰야만 둘의 케미가 살아날 수 있다고 생각했습니다. 지희와 희철 캐릭터를 대본과 다르게 해석했기 때문에 다른 사람이 희철 역할을 하는 건 의미가 없을 것 같습니다."

아마도 배우였다면 절대로 할 수가 없는 말이었다.

무명 배우가 미니시리즈 메인 작가한테 대본과 다른 캐릭터를 늘먹인다는 건 상상도 할 수 없는 일이다. 자칫 작가의 대본에 대한 불신으로 비칠 수도 있고.

하지만 태수는 양혜진 작가가 전혀 어렵지 않았다. 어차피 자신도 배우가 아닌 같은 작가이기 때문이다.

게다가 작가와 감독이 무슨 고민을 하는지도 이미 알고 있고.

송현주는 예기치 못한 태수의 말에 미간을 좁히며 입술을 깨물었다. 그녀의 표정이 모든 걸 말해 주고 있었다.

아, 망했다. 다 끝났다.

그런 송현주의 표정을 보자 태수도 덜컥 겁이 났다.

'이 세계를 잘 알지도 못하면서 내가 너무 나간 건가?'

반면 양혜진 작가는 캐릭터의 재해석이라는 소리에 뿔테 안경을 살짝 밀어 올리고는 물었다.

"그럼 지희 캐릭터가 변하면 희철의 캐릭터도 같이 변해야 한다는 소리잖아요?"

"네, 그렇습니다."

몇몇 관계자의 입에서 침음이 흘러나왔다.

오디션 지원자가 자신의 역할은 물론 상대 역할의 캐릭터마저 바꾸겠다는 소리니까.

"만약 지희 역으로 송현주 씨를 뽑으면 그 캐릭터에 맞게 희철의 캐릭터도 바꿔야 하는 거네요?"

퇴마하는
톱스타

태수도, 송현주도 대답을 하지 못했다.

그렇잖아도 싸늘한 오디션장에 북극한파와 같은 찬 공기가 몰려들었다.

반면 양혜진 작가는 당돌하다는 생각과 함께 호기심도 발동했다.

지금까지는 다들 지희 따로, 희철 따로 오디션을 봤다. 근데 오디션이 진행될수록 두 캐릭터가 어울리긴 어렵겠다는 생각이 점점 더 강하게 들었고, 그래서 지금 골치가 아픈 것이다.

거기에 정해일 감독까지 계속 불평을 드러내며 스트레스를 유발하고.

어떤 식으로든 캐릭터를 정리해야만 하는데 당장은 딱히 떠오르는 아이디어가 없다.

그렇다고 지희와 희철 부부를 뺄 수도 없다. 지희가 없으면 주인공인 영선의 인물관계가 너무 단순해지고 캐릭터가 답답해지기 때문이다.

곁에 지희 같은 친구가 있어야만 재벌가 약혼자인 한경에 대해 영선의 불만을 자연스럽게 드러낼 수가 있다.

작가 입장에서도 그편이 이야기를 전개하기 편하고 영선의 캐릭터도 입체적으로 만들 수 있으니까.

근데 지금 눈앞에 서 있는 두 사람은 지희의 캐릭터는 물론이고 희철의 캐릭터까지 바꿔 보겠다는 것이다.

양혜진은 자신의 대본에 토씨 하나 틀린 걸 가지고 감독과 싸울 정도로 자존심이 강한 작가다. 평소 같으면 코웃음을 치면서 바로 내보냈을 것이다. 아니, 이 오디션장에 들어오 지도 못하게 했겠지.

하지만 이번엔 묘한 호기심이 들었다. 물론 큰 기대는 하 지 않았다. 자신이 풀지 못한 숙제를 오디션 지원자인 신인 연기자가 풀 수 있을 리도 없고.

"그럼 시작해 볼까요?"

양혜진 작가가 오디션을 진행시키자 송현주가 의외라는 표정으로 태수를 돌아봤다.

태수가 걱정 말고 약속한 대로 하라고 눈짓을 했다.

송현주가 고개를 끄덕이곤 연기를 시작했다.

송현주는 약속한 대로 남편을 대하는 아내로 대립각을 세 우며 화를 내는 대신 노련한 엄마가 철없는 아들을 다루듯 희철을 대했다.

그래, 무슨 짓을 하든 어차피 넌 내 손바닥을 못 벗어날걸, 이 철없는 남편아.

송현주의 연기 톤은 딱 거기에 맞춰져 있었다.

반면 태수는 지희의 눈치를 살피며 어떻게든 이 상황을 모 면하려는 희철의 모습을 최대한 코믹하게 부각시켰고.

물론 연기 실력은 턱없이 부족했지만 의도를 전달하기엔 충분했다.

퇴마하는 톱스타

굳은 표정으로 연기를 지켜보던 양혜진 작가의 표정에 보일 듯 말 듯 미소가 번졌다.

지금까지 오디션을 봤던 모든 지원자들은 하나같이 정극 연기를 펼쳤다. 지희 캐릭터를 누가 더 강하게 표현하는지 천편일률적으로 경쟁이라도 하는 것 같았다.

그러다 보니 지희의 캐릭터가 강해질수록 희철의 캐릭터는 상대적으로 약해지고 존재감이 사라지는 아이러니가 생겼다.

그렇다고 희철을 살리기 위해 지희가 밋밋해지면 전체적으로 재미가 없고. 이러지도 저러지도 못하는 상황.

양혜진 작가도 이미 마음으로는 자신의 대본에 오류가 있었다는 걸 인정하고 있었다.

케미가 살아나려면 서로 대등하게 기세를 주고받아야만 하는데 대본상 두 인물의 캐릭터로는 그게 불가능할 것 같다는 생각이 점점 굳어져 가고 있었다.

지금 눈앞에서 연기하는 두 사람을 보기 전까지는.

감정 표현을 하지 않으려고 애를 썼지만 자꾸만 미소가 번졌다. 둘의 연기를 보면서 마음에 드리웠던 먹구름이 걷히는 기분이 들었다.

양혜진 작가가 옆에 앉은 정해일 감독의 표정을 슬쩍 살폈다. 역시나 이전과 달리 입꼬리가 살짝 올라간 상태로 고개를 끄덕이는 모습.

드라마와 시트콤의 중간 정도 톤으로 하는 둘의 연기가 감초처럼 톡톡 튀는 재미가 있다.

처음 양혜진 작가가 의도했던 지희와 희철 캐릭터에 가장 가까운 모습.

희철 캐릭터를 태수가 아닌 정식 배우가 한다면 훨씬 맛깔스럽게 할 수 있을 것이다.

지켜보던 정해일 감독이 낮게 속삭였다.

"저 느낌 괜찮은데요."

양혜진 작가도 고개를 끄덕이고는 막 연기를 마친 송현주에게 말했다.

"수고했어요. 재밌네요."

둘은 얼떨떨한 기분으로 오디션장을 빠져나왔다. 좋은 징조인지, 나쁜 징조인지 짐작하기가 어려웠다.

양혜진 작가의 얼굴에 조금의 표정 변화도 보이질 않았던 것이다.

송현주는 소속사 사람들하고 다시 회사에 들어가 봐야 한다며 진심으로 고맙다는 인사를 했다.

하지만 말과 달리 그녀의 표정은 무척이나 복잡 미묘해 보였다.

왜 그렇지 않겠는가. 작은 실수 하나도 용납되지 않는 오디션장에서 그런 엄청난 사고를 쳤으니.

마음 같아서는 오디션이 끝나길 기다렸다가 오디션장으로

들어가 양혜진 작가나 정해일 감독의 잔류사념을 읽어 보고 싶었지만 그만두기로 했다.

어차피 그들의 잔류사념을 읽는다고 결과가 바뀔 것도 아닌데 괜히 아까운 귀기만 낭비할 것 같았던 것이다.

～

부우우우웅.

컴퓨터가 부팅되고 바탕화면에 그동안 손 놓고 있던 소설 ≪비가 오면≫의 파일이 떴다.

태수는 잠시 파일을 보며 호흡을 골랐다. 가능한 한 보지 않으려고 애쓰던 파일이다.

마우스를 움직여서 파일을 열었다.

≪비가 오면≫이라는 제목의 미스터리 장르 소설.

명호에게 혹독한 비평, 아니 욕을 먹었던 소설이기도 하다.

이후 소설의 수정을 위해 한 달 넘게 붙잡고 있었지만 진도는 나가지 않고 흐름도 놓쳐서 반쯤 포기하고 있던 상황.

그런데 그제 명호 축하 모임에 다녀오고 어제는 송현주 오디션장에 다녀오면서 글을 쓰고 싶다는 열망이 태수를 무섭게 휘감았다.

물론 돈을 버는 것도 좋지만, 사람들에게 주목받고 인정받고 싶은 욕구가 더 강하게 태수를 사로잡았던 것이다.

명호를 바라보던 동창들의 선망 어린 시선과 그런 명호에게 제대로 복수하고 싶다는 오기.

오디션장에서 감독과 작가를 바라보던 배우들의 존경 어린 눈빛.

선택받기 위해 혼신을 다하던 송현주를 비롯한 배우들의 열정.

그 모든 것들이 태수에게 강한 자극제가 됐다.

태수는 소설을 처음부터 다시 읽으면서 수정을 시작했다. 한동안 손을 놓은 덕분인지 이전에 보지 못한 오류들이 눈에 들어왔고 새로운 아이디어도 떠올랐다.

타닥탁탁탁.

모처럼 옥탑방에 키보드 두들기는 소리가 경쾌하게 울렸다.

태수가 글에 푹 빠져서 키보드를 신나게 두들겼다.

'참 이상하네, 오늘따라 왜 이렇게 글이 잘 써지지?'

평소엔 졸리고 피곤해서 집중이 안 될 시간인데 오늘은 신기할 정도로 몰입이 잘됐다.

새벽까지 이어지는 글 작업.

태수가 마침내 지친 듯 키보드에서 손을 뗐다.

'평소와 달리 글이 엄청 잘 써지는데 뭔지 모르게 2% 부족한 느낌이야. 그게 뭐지?'

태수가 양손으로 머리를 움켜잡은 채 한숨을 푹푹 내쉬는데 모처럼 노인의 목소리가 들려왔다.

-영능력으로 돈만 벌어도 충분히 여유롭게 살 텐데, 뭐 하러 굳이 그런 힘든 길을 가려고 하나?

'제가 남한테 인정받고 싶은 욕구가 워낙 강해서 그런 것 같아요.'

-돈을 벌어서 인정을 받을 수도 있지 않나?

노인의 말이 맞다.

영능력을 사용해서 영혼들의 한을 풀어 주고 돈을 번다면 누구도 부럽지 않게 많은 돈을 벌 수 있을 것 같다. 한 달도 안 되는 사이에 벌써 1억이 넘는 돈을 벌지 않았나.

근데 그것만으로는 왠지 마음이 허전하다.

너무 쉽게 돈을 벌어서 그런가.

아니다. 돈만으로 채울 수 없는 태수만의 욕망이 있기 때문이다.

돈은 생활을 걱정하지 않고 살 수 있을 정도만 있으면 된다. 그 이상의 돈은 있어도 딱히 쓸 곳이 없다.

누구는 옷 하나도 수십만 원짜리 명품 브랜드를 입어야만 만족한다지만 태수는 시장에서 1~2만 원만 줘도 마음에 드는 옷을 고를 수 있다.

차는 가지고 싶다. 그렇다고 번쩍거리는 고가의 수입차 같은 건 바라지도 않는다. 그런 차는 괜히 관리하는 데 신경만

쓰일 뿐이다.

이제 스물넷이니까 이전부터 꿈꾸던 티볼리 정도를 살 수 있으면 더 바랄 게 없다.

집도 지금의 옥탑방에 크게 불만이 없다. 물론 이런 전망을 가진 좀 더 나은 곳이 있으면 옮길 수도 있지만 당장은 여기가 좋다.

솔직히 이전에는 옥탑방에 사는 게 싫었다. 남들한테 옥탑방에 산다고 말하는 게 부끄럽기도 했고.

근데 돈과 능력을 가지다 보니 왠지 옥탑방에서 사는 것조차 낭만적으로 느껴지는 것이다.

가진 자의 여유랄까.

엄마도 이젠 걱정하지 않는다.

며칠 전 엄마는 흥분한 음성으로 태수에게 전화를 했다.

건물주가 월세를 절반으로 깎아 줬다는 것이다. 태수가 자기 얘기는 하지 말아 달라고 부탁을 했기 때문에 엄마는 영문을 모르고 좋아했다.

엄마는 이제 빚 갚는 건 시간문제라며 열심히 사니까 하늘이 돕는다면서 울먹였다.

엄마 말이 맞다. 결국 태수에게 그런 능력이 생긴 것도 하늘이 도왔다고 할 수 있으니까.

그래서 더더욱 열심히 살아야 하는 것이다.

엄마 빚 3천만 원 정도는 지금 통장에 있는 돈만으로도 충분히 갚아 줄 수 있다.

다만 엄마 성격상 돈의 출처를 꼬치꼬치 캐물을까 봐 못 갚아 주고 있을 뿐.

엄마 말처럼 열심히 살아야 한다. 영능력이 있다고 빈둥거리며 먹고 즐기다가 돈 떨어지면 영혼 찾으러 쏘다니는 그런 삶은 살기가 싫다.

태수는 어릴 때부터 꿈꿔 오던 작가의 길을 다시 걷고 싶었다.

명호는 성공했지만 자신은 실패한 길.

아니다. 실패라고 단정 지을 수는 없다. 부유한 집안의 명호와는 비교할 수 없는 자신의 불운했던 환경 때문에 스스로 그 길을 포기해야만 했으니까.

처음부터 공정하지 못했던 경쟁이었다.

하지만 이젠 아니다.

돈이 없고 환경이 불운하다는 건 이제 핑계에 지나지 않는다. 이제 자신도 글을 쓸 수 있는 최적의 환경을 갖춘 것이다.

돈을 벌어서 인정을 받을 수도 있지 않냐는 노인의 물음에 태수가 답했다.

'돈도 좋지만 제 꿈을 이루고 싶어서 그렇습니다.'

─꿈을 이룬다는 게 소설가로 성공하는 길인가?

'지금 당장은 소설가지만 앞으로 더 많은 예술 분야에 도전

하고 싶습니다. 전 다른 어떤 분야보다 예술 분야에서 성공하고 싶거든요. 배우나 영화감독 같은.'

－원래 예술은 고통스러운 게 아닌가?

'고통스럽지만 그 뒤에 오는 행복이 말로 다 할 수 없을 정도로 크거든요.'

예술은 직접 해 본 사람만이 그 재미를 느낄 수가 있다. 자신의 손으로 만들어지는 수많은 인물들과 가공의 세계가 글과 영상을 통해 표현될 때 그 기쁨은 말로 다 하기 힘들다.

1998년 제70회 아카데미 시상식에서 14개 부문 후보, 10개 부문 수상이라는 전무후무한 기록을 남긴 영화 타이타닉의 감독 제임스 카메룬은 수상 직후 이렇게 외쳤다.

－아이 엠 킹 오브 더 월드!

그랬다. 당시 제임스 카메룬은 세상 그 어떤 사람보다도 큰 권력을 가진 사람처럼 보였다.

성공한 예술가는 돈과 명예는 물론 대중의 사랑까지 모든 걸 가질 수가 있다.

어디 영화감독만 그런가.

해리포터 시리즈로 일약 세계적인 베스트셀러 작가 반열에 오른 조앤 롤링은 어떤가.

그의 신작이 나올 때면 전 세계 수많은 독자들이 밤새도록 서점 앞에 줄을 서지 않았던가.

태수는 아무리 많은 돈을 벌어도 성공한 예술가보다 행복한 삶은 없다고 믿었다.

문제는 그런 성공을 누구나 맛볼 수가 없다는 것.

노인이 말했다.

-욕심이 많은 친구군.

노인의 말이 맞는지도 몰랐다. 며칠 전까지만 해도 태수는 기껏 치킨집 배달원에 통장에 10만 원 남짓 들어 있던 비루한 인생이었으니까.

영능력을 얻게 되면서 영혼들의 한을 풀어 주고 평생 만져 보지도 못한 돈을 하룻밤에 벌었을 때만 해도 로또라도 맞은 것 같은 기분이었다.

근데 명호의 축하 모임과 송현주의 오디션장을 다녀온 후 마음이 변했다.

돈보다 더 갖고 싶은 것이 있다는 걸 깨달은 것이다.

그건 태수 자신의 욕망이었다.

'어르신!'

-말하게.

'그 능력 흡수하는 영능력 있지 않습니까?'

-영혼흡수 말인가?

'예, 영혼흡수요. 영혼흡수를 하면 누군가의 능력을 얻을 수 있다고 하셨죠?'

-그랬지.

'제가 그저께 병원 응급실에서 어느 영혼을 흡수했습니다.'

노인이 놀라는 기색을 보이며 물었다.

-그게 사실인가?

'예.'

-근데 왜 그 얘길 이제야 하나?

'전 어르신이 당연히 알고 계실 줄 알았죠.'

-자네가 영혼탐색이나 영혼흡수 같은 영능력을 발휘할 때는 내가 접속이 안 된다고 하지 않았나?

'아, 그건 깜빡 잊고 있었습니다.'

-그래, 말해 보게. 어떤 능력을 얻었나?

'그게 그러니까, 아무것도 얻은 게 없습니다.'

-얻은 게 없다니?

'예. 분명 영혼흡수를 했고 어떤 기운이 제 안으로 들어오는 걸 느꼈지만, 이후에 아무런 일도 일어나지 않았습니다.'

-그럼 그 영혼이 가지고 있던 능력은 무엇이었나?

'그것도 모릅니다. 허공에 나타난 문자들이 평소와 달랐거든요. 그 영혼의 이름은 물론이고 어떤 능력을 가지고 있는지조차 표시가 되지 않았습니다. 대체 어떻게 된 일인지.'

노인이 그제야 알겠다는 듯 차분하게 물었다.

-혹시 그 영혼이 죽자마자 영혼흡수를 한 겐가?

'어? 그걸 어떻게 아십니까?'

퇴마하는 톱스타

－불완전한 영혼을 흡수한 게야.

'불완전한 영혼이라고요?'

노인이 간단하게 설명을 했다.

사람이 죽으면 육신에서 영이 분리되긴 하지만 장례를 치를 때까지는 불완전한 존재로 남게 된다.

장례를 치르고 죽은 지 사흘째 되는 날 매장이 된 후에야 비로소 완전한 영혼으로 존재를 드러낼 수가 있다.

노인의 말을 듣고 보니 영혼한테 괜히 미안한 생각이 들었다. 아직 장례도 치르지 않은 영혼의 귀기를 급하게 흡수했다는 소리가 아닌가.

'그럼 제가 잘못한 건가요?'

－그건 아닐세. 영들이 가장 위험할 때가 막 사망한 시점이야. 악귀나 요물 들이 잡아먹으려고 그런 영혼들만 찾아다니거든. 엊그제 영혼흡수를 했다고 했지?

'예.'

－그럼 오늘 장례를 치렀겠군.

'아, 그런가요?'

－영혼이 어떤 능력을 가졌는지는 모르지만 아마도 오늘 자정을 전후해서 모습을 드러낼 걸세.

'이왕이면 운동선수 그런 거 말고 작가나 영화감독 아니면 배우의 영혼이어서 그런 쪽의 능력을 받을 수 있었으면 좋겠습니다. 한꺼번에 세 가지를 다 받으면 더 좋고, 헤헤.'

—하고 싶은 게 그렇게 많은 건가?

'원래는 소설가와 영화감독을 하고 싶었는데, 이번에 오디션을 경험하고 나니 배우도 하고 싶더라고요.'

—욕심이 너무 과한 거 아닌가?

'대신 전 돈에 대한 욕심은 그렇게 많지 않거든요.'

물론 당연히 말도 안 되는 욕심이다. 말은 그렇게 했지만 그중에 하나만 이루어져도 소원이 없을 것 같았다.

그래도 태수는 공상을 해 보는 것만으로도 힐링이 되고 무한한 행복을 느꼈다.

사실 지금까지 살면서 이렇게 행복한 시간이 언제 있었던가.

돈 걱정도 없고 미래에 대한 두려움도 없고.

'근데 요 며칠 좀 이해하기 힘든 일이 있었거든요.'

—이해하기 힘든 일이라니?

'이번에 제가 송현주 씨 오디션 도와준 거 알고 계시죠?'

—알지. 자네가 그 어느 때보다 열성이더군. 게다가 그 아가씨만 나타나면 심장박동도 빨라지고.

'헉, 그런 것도 아세요?'

—그럼. 난 자네의 또 다른 분신이라고 생각하면 될 걸세. 그나저나 그 처자한테 마음이 있는 겐가?

'에고, 아니에요. 제 주제에 무슨. 아무튼 이번에 송현주 씨 오디션을 도와주는데, 제가 드라마 대본을 분석하는 능력

이 있더라고요. 사실 전 이전까지 드라마 대본이나 영화 시나리오에 대해서는 아는 게 없었거든요.'

－음, 하고 싶은 말이 뭔가?

'영혼을 흡수하면 한을 풀어 주지 않아도 영혼이 가진 능력을 제가 전수받을 수 있는지 궁금해서요.'

－자네가 이번에 흡수한 영혼의 능력 때문이라고 생각하는 건가?

'예.'

사실 송현주한테 처음 대본을 받았을 때 그 형식이나 내용이 전혀 낯설지가 않았다.

지금까지 대본이나 시나리오를 읽은 적이 없는 태수에겐 이해가 되지 않는 일이었다.

처음엔 자신이 소설이 아닌 대본이나 시나리오에 재능이 있었던 건가 하고 좋아했다. 근데 어제 소설을 쓰면서 생각이 바뀌었다.

이전에는 보이지 않던 여러 오류들은 물론 거친 문장과 문체들이 한눈에 보였던 것이다.

갑자기 필력이 일취월장했을 리도 없고, 대본에 이어 소설까지 뭔가 안목이 높아진 느낌이었다.

노인이 말했다.

－그럴 수도 있네.

'예? 한을 풀어 주지 않아도 능력을 흡수할 수 있다고요?'

－자네가 막 죽은 영혼을 흡수했기 때문이야. 영혼이 자신을 방어할 틈도 없었을 테니까.

노인의 말을 듣고 보니 자신이 무슨 범죄자라도 된 것 같은 생각이 들어서 영혼에게 미안한 생각이 들었다.

그런 태수의 생각을 읽은 듯 노인이 말했다.

－그렇다고 자책할 필요는 없네. 일전에도 말한 것처럼 자네 덕분에 영혼이 악귀들에게 잡아먹힐 위험에서 벗어났으니까.

노인의 말을 들으니 대본을 읽고 분석하는 능력이 자신이 흡수한 영혼의 능력 덕분이라는 생각이 점점 강하게 들었다.

－하지만 지금 자네가 누리는 능력은 그 영혼이 가진 능력의 일부분일 가능성이 높아. 그 영혼이 자신의 능력을 온전히 자네에게 준 건 아니니까.

'일부분이라. 전 그 정도도 괜찮은데.'

노인의 말이 맞는다면 영혼의 한을 풀어 주고 보상으로 능력을 받는다면 지금보다 안목과 필력이 더 올라간다는 말이 아닌가.

'대체 어떤 사람일까? 내가 아는 사람일까?'

태수가 행복한 기지개를 켜며 중얼거렸다.

"어휴, 공상을 많이 해서 그런가 배가 출출하네. 라면이나 끓여 먹을까? 어르신도 같이 드실 수 있으면 참 좋을 텐데 아쉽네요."

태수가 양은 냄비에 라면 물을 받는데 노인이 물었다.

－맛있는 걸 사 먹지 왜 또 라면을 먹나?

"어르신, 로또 당첨된 사람 중에 행복하게 산 사람이 거의 없대요. 돈 때문에 사람이 변해서 대부분 이혼하거나 파산했대요. 전 그렇게 되고 싶지 않거든요. 그냥 제 분수에 맞게 살면서 모아 둔 돈은 꼭 필요한 일에만 쓸 겁니다."

태수는 힘들 때마다 중학교 담임이던 김준석 선생님을 떠올리곤 했다.

김준석 선생님은 당시 불운한 가정 형편 때문에 힘들어하던 태수에게 이런 얘기를 들려줬다.

평소 자신은 일부러 스스로를 극한으로 밀어붙이며 살고 있다.

밤에 잠을 잘 때는 일부러 이불을 깔지 않고 차가운 맨바닥에 자고 밥을 먹을 때도 가장 소박한 최소한의 반찬만 가지고 밥을 먹는다.

어디를 갈 때도 차를 타지 않고 일부러 힘들게 걸어 다닌다.

그렇게 최소한의 생활비와 음식만 가지고 일주일에 엿새를 살다가 일요일 하루만 남들처럼 포근한 이불에서 자고, 맛있는 음식을 먹고, 편안하게 차를 타고 다니면 그야말로 천국에 온 것 같은 기분이 든다는 것이다.

또한 그렇게 살다 보면 자신이 얼마나 많은 걸 가지고 있으며 얼마나 많은 행복을 누리며 살고 있는지 알게 된다고 했다.

당시 선생님의 말을 듣고 나서 태수는 자신이 불운하고 가난하다는 생각에서 벗어날 수가 있었다.

비록 선생님처럼 살지는 못하지만 즐거움과 행복을 최대한 아껴 뒀다가 조금씩 꺼내서 쓰면서 사는 법을 실천하기 시작했다.

그래서 오늘 저녁도 라면이면 충분했다. 아니, 통장에 많은 돈이 있는데도 라면을 먹는다는 생각을 하면 오히려 행복감이 올라가는 기분이 들었다.

태수가 양은 냄비 뚜껑에 김이 모락모락 나는 라면 면발을 올린 후 김치를 피처링해서 입안으로 흡입했다.

호로로록.

옥탑방에서 창문 너머로 보이는 야경을 바라보며 먹는 라면 맛은 정말로 각별했다. 유명 호텔의 스카이라운지도 부럽지가 않았다.

"아, 맛있다."

참 신기한 건 라면은 아무리 많이 먹어도 질리는 법이 없다는 것이다.

정신없이 라면을 흡입하는데 누군가 옥탑방 문을 두드렸다.

"누구세요?"

태수가 급히 면발을 삼키고 문을 열자 잔뜩 상기된 표정의 송현주가 서 있었다.

"어? 어쩐 일이에요?"

"붙었어요!"

"예?"

송현주가 다짜고짜 소리쳤다.

"오디션에 합격했다고요!"

"아……!"

예상은 했지만 막상 합격했다는 소리를 들으니 마치 자신이 합격한 것처럼 심장이 찌르르하게 울렸다.

"축하해요."

송현주가 촉촉한 눈빛을 담아서 말했다.

"모두 태수 씨 덕분이에요."

"아뇨, 현주 씨가 연기를 잘해서 합격한 거예요."

"너무 겸손한 거 아니에요?"

송현주가 코를 찡긋거리고는 손에 들고 있던 비닐봉지를 들어 보였다.

"뭐예요, 그게?"

"축하해야죠. 우리 합격한 거."

"우리요?"

"둘이 같이 연기했으니까 당연히 우리가 합격한 거죠."

"그렇게 되나."

태수가 웃으며 머리를 긁적였다.

"실은 근사한 곳에서 맛있는 저녁을 사고 싶었는데 여기보다 근사한 곳이 떠오르지 않았어요. 괜찮죠?"

"그럼요. 잠시만요."

태수는 냄비에 남아 있던 면발을 서둘러 입안으로 흡입한 후 옥상으로 나갔다.

송현주가 평상에 방금 떠 온 싱싱한 회와 소주를 내놨다.

쨍.

잔을 부딪친 후 둘이 소주를 들이켰다. 기분이 좋아서 그런지 어느 때보다 소주가 달게 느껴졌다.

"무슨 회예요?"

"방어회요."

"아, 회가 엄청 두툼하네요."

태수가 회를 두세 점 집어서 초고추장에 찍어 한꺼번에 입에 넣었다. 달콤하면서 쫄깃한 식감이 입안 가득 퍼지며 행복지수가 치솟았다.

태수가 우물거리며 엄지손가락을 치켜 올렸다.

"와, 엄청 쫄깃하네요. 싱싱해요."

"당연하죠. 일부러 가락시장까지 가서 사 온 건데."

"진짜요?"

"그럼요. 제 정성까지 듬뿍 들어간 회니까 맛있게 먹어 줘야 해요."

"어휴, 그럼요. 그건 걱정하지 말아요."

송현주와 다시 잔을 부딪친 후 소주를 들이켰다.

"태수 씨."

"네, 현주 씨."

"〈최고의 사랑〉 양혜진 작가님이 저희 소속사 대표님한테 뭐라고 했는지 알아요?"

"……?"

"원래는 지희하고 희철이 캐릭터가 재미가 없어서 빼려고 했대요."

그 얘기라면 이미 알고 있다. 오디션 보던 날 감독과 작가가 커피숍에서 얘기하는 걸 들었으니까.

송현주가 대단한 비밀이라도 알려 주는 것처럼 소리를 낮췄다.

"근데요, 제가 그 두 사람을 살린 거래요. 우리 둘이 연기하는 거 보고 두 사람 캐릭터를 그냥 두기로 했대요. 이게 믿어져요? 실화 같지 않죠?"

"그러게요. 정말 잘됐네요."

"잘된 정도가 아니죠. 정말 대단하지 않아요? 우리가 없어질 뻔한 캐릭터를 다시 살린 거잖아요. 그뿐만이 아니에요. 양혜진 작가님이 저보고 대본 분석을 잘한다고 칭찬까지 하셨대요. 이게 다 누구 덕이겠어요?"

송현주의 초롱초롱한 눈빛이 뜨겁게 태수를 바라봤다.

태수는 애써 송현주의 눈빛을 피하며 농담을 했다.

"두 사람 살렸다고 하니까 모르는 사람이 들었으면 정말 사람 살린 줄 알겠네요."

송현주가 위험할 정도로 얼굴을 바싹 들이대더니 은근하게 속삭였다.

"정말 사람 살린 거 맞아요."

"그, 그게…… 무슨 소리예요?"

"아마 이번 오디션마저 떨어졌으면 저 엄청 우울했을 거예요. 실은 앞선 오디션에서도 연거푸 떨어졌거든요. 게다가 이번엔 제가 무리하게 우겨서 나간 거라서 떨어졌으면 회사도 부담스러워서 못 나갔을 테고."

촉촉한 눈빛과 오똑한 콧날, 살짝 벌어진 입술이 닿을 것 같은 거리에 있었다. 심장박동이 빨라졌고 얼굴이 화끈거렸다.

계속 바라보고 있으면 자제력을 잃을 것 같아 얼른 고개를 돌리며 말했다.

"우리 축하 한 번 더 할까요?"

송현주가 방금 자신이 무슨 만행을 저질렀는지도 모르고 선머슴처럼 히죽 웃었다. 그런 웃음조차도 너무나 매력적이었다.

"해야죠. 그럼요."

취기가 올라서 그런지 살짝 허당끼도 보이는 송현주다.

"지희와 희철 커플을 위하여!"

"위하여!"

둘이 잔을 부딪치고 소주를 들이켰다.

태수가 회를 잔뜩 집어서 입안에 쑤셔 넣고 열심히 씹었다. 마치 다른 잡념을 떨쳐 내려는 것처럼.

"그럼 이제 드라마에서 볼 수 있겠네요."

"네. 2주 후부터 촬영 들어간대요."

"와, 그렇게 빨리요? 어떻게 나올지 기대돼요. 희철이 역할은 누가 해요?"

"백석훈 씨라고 아세요? 요즘 뜨는 신인인데."

"아뇨, 전 드라마를 많이 보지 않아서."

"요즘 예능에도 자주 나와서 얼굴 보면 알지도 몰라요. KM엔터라고 국내 최대 기획사에서 밀고 있는 신인 배우거든요. 처음엔 희철 역할 거절했다가 바뀐 캐릭터 설명 듣고는 하겠다고 했대요."

KM엔터라면 태수도 알고 있는 명실상부한 대한민국 최대 기획사다. 그런 거대 기획사에서 밀고 있는 신인 배우가 입장을 바꿨다면 희철의 캐릭터가 그만큼 마음에 들었다는 얘기다.

하긴 자신이 생각해도 희철 역할은 분량은 작지만 연기를 잘하는 배우가 하면 매력적인 캐릭터가 될 수 있을 것 같았다.

희철의 비중이 커진다는 건 지희의 비중도 커진다는 얘기니까 결과적으로 송현주에게도 잘된 일이다.

송현주의 눈이 촉촉하게 젖어 들었다.

"연기 시작한 후 처음으로 제대로 된 역할 맡은 것 같아요. 앞으로 태수 씨가 계속 모니터도 해 주고 조언도 해 줄 거죠?"

"물론이죠. 열심히 모니터해 줄 테니 걱정 말아요."

"건배해요."

쨍.

둘이 소주를 세 병 가까이 비웠을 때 송현주가 물었다.

"태수 씨가 쓴 소설 한번 읽어 보고 싶어요."

뜻밖의 말에 태수가 황급히 고개를 흔들었다.

"안 돼요, 아직 많이 부족해서."

"대본 분석하는 거 보면 소설도 잘 쓰실 것 같은데. 그럼 언제 보여 줄 건데요?"

"책으로 나오면요."

"치이, 그땐 보여 주지 않아도 사서 읽으면 되잖아요."

"그런가? 흐흐."

취기가 올라오는지 송현주의 볼이 점점 발갛게 달아올랐다.

"음, 저기요."

송현주가 다시 취기가 오른 얼굴로 바싹 다가왔다. 취기 때문에 행동이 커진 탓이지만 태수의 심장은 다시 쿵쾅거리기 시작했다.

송현주가 촉촉한 목소리로 말했다.

"앞으로 우리 오빠, 동생 할까요? 태수 씨가 저보다 두 살 많으니까."

송현주는 현재 대학교 2학년까지 다니다가 휴학한 상태여서 스물두 살이라고 했다.

태수가 마다할 이유는 단 한 가지도 없었다. 송현주처럼 예쁜 연예인 동생이 생긴다는데.

"저야 좋죠."

송현주가 살짝 발음이 꼬이면서 말했다.

"그럼 지금부터 말 놓아요, 오빠."

송현주의 입에서 오빠라는 소리가 흘러나오자 온몸에 찌르르하고 전기가 흘렀다.

"오빠, 어서요."

송현주는 연기자라서 그런지 자연스럽게 오빠라고 불렀지만 태수는 어색해서 편하게 말을 놓기가 어려웠다.

더구나 이렇게 얼굴이 닿을 것처럼 가까운 거리에선.

"어, 뭐. 그, 그러든가."

태수가 말을 더듬자 송현주가 손으로 태수의 볼을 만지며 놀리는 것처럼 말했다.

"왜 그렇게 당황해요? 오빠 지금 얼굴 빨개졌어요."

부드러운 송현주의 손이 뜨거운 볼에 와서 닿자 태수는 저도 모르게 주먹을 움켜잡았다.

"아, 아냐, 무슨."

"거울 봐 봐요. 귀밑까지 빨개졌는데."

"아니라니까. 자꾸 사람 놀릴래?"

송현주가 재미있다는 듯 깔깔거리며 웃고는 뒤로 물러나며 말했다.

"앞으로 언제든 힘들 때 올라와서 얘기할 수 있는 오빠 생겨서 너무 좋다. 제가 지방에서 혼자 올라와서 외로움을 무지 많이 타거든요."

송현주는 상가 건물 6층 오피스텔에 살고 있어서 엘리베이터로 2층만 올라오면 된다.

태수가 간신히 참았던 숨을 몰아쉬며 말했다.

"나도 답답할 때 얘기할 수 있는 동생 생겨서 좋아."

둘은 그러고도 거의 1시간을 더 술잔을 주고받으며 수다를 떨었다.

새벽 2시가 다 되었을 때 송현주가 비틀거리며 일어났다.

송현주가 꼬인 발음으로 말했다.

"제가 아무하고나 이렇게 술 마신다고 착각하면 안 돼요."

"그런 생각 안 해."

"제가 지금 제일 좋은 게 뭔지 알아요?"

"뭔데?"

"오빠하고는 아무리 늦게까지 수다를 떨어도 부담이 없다는 거예요. 바로 아래가 우리 집이니까, 헤헤."

송현주가 비틀거리는 걸 태수가 황급히 부축했다. 그동안 낯선 서울에 혼자 올라와서 생활하느라 많이 지친 모양이었다.

마음 같아서는 비틀거리며 걸어가는 송현주를 좀 더 부축해 주고 싶었지만 안 그러는 게 좋겠다는 생각이 들었다.

"그래, 어서 내려가서 자."

"그럼 저 그만 갈게요."

"응. 조심해서 내려가."

송현주가 손을 흔들며 말했다.

"오빠도 잘 자요."

옥상을 내려가는 송현주의 뒷모습에 왠지 애틋한 마음이 들었다.

'앞으로 드라마에서 좋은 반응을 얻어 좋은 연기자로 평가받았으면 좋겠네.'

태수가 히죽 웃으며 돌아설 때였다.

-내 말이 들리시오?

"으악! 뭐야?"

갑자기 들려온 소리에 태수가 평상에 털썩 주저앉았다.

놀란 토끼 눈으로 주위를 두리번거렸지만 도심의 야경 외에는 아무도 보이지 않았다. 잘못 들은 건가 의심하는 순간 다시 소리가 들려왔다.

─여기요, 여기.

'헉!'

그러고 보니 목소리가 외부가 아닌 태수의 머릿속에서 들려오고 있었다.

"지금 내 머릿속에서 들려오는 소리가 맞나요?"

─그렇소.

"누, 누구세요?"

─난…… 영혼이오.

'영혼?'

그제야 노인이 했던 얘기가 떠올랐다. 엊그제 흡수한 영혼이 자정 즈음 모습을 드러낼 거라던.

태수가 확인차 영혼에게 물었다.

"혹시 영한대학교 응급실에서 돌아가신 분인가요?"

─그렇소.

영혼의 대답이 끝나자마자 알림과 함께 허공에 문자가 나타났다.

─띠링.

영혼을 인식했습니다.

이제 장례가 끝나서 완전한 영혼이 된 모양이었다. 그 말은 곧 궁금해하던 보상 능력이 무엇인지도 알 수가 있다는 얘기다.

정문호(남, 59세)

사망 후 경과일 : 3일. 영한대학교 응급실에서 심장정지로 사망.

보상 : 능력

"정문호?"

－그렇소. 내 이름이 정문호요.

분명 낯설지 않은 이름인데 기억이 나질 않았다.

'어디서 들었더라?'

태수가 두근거리는 마음을 억누르며 조심스럽게 물었다.

"혹시 생전에 어떤 일을 하시던 분이신지?"

－나는 평생 글을 쓰면서 살아온 소설가요. 나름 유명세도 떨쳤고 돈도 꽤 벌었소.

소설가라는 남자의 말에 태수의 목소리가 가파르게 올라 갔다.

"네? 방금 소설가라고 하셨나요?"

－그렇소만.

'가만, 소설가라고?'

게다가 남자의 이름이 정문호라고 했다.

처음 남자의 이름을 들었을 때부터 왠지 이름이 친숙하게 느껴졌다.

'정문호…… 정문호…….'

문득 태수의 눈이 번쩍 뜨였다.

'소설가 정문호?'

한국 장르 문학의 거장이자 태수가 가장 존경하고 좋아하던 작가의 이름, 정문호.

비로소 남자의 이름이 낯설지 않았던 이유를 알 것 같았다.

'바보같이 어떻게 정문호 선생님 이름을 금방 기억을 못 했지?'

태수가 도무지 믿기지 않아 떨리는 목소리로 재차 물었다.

'혹시 《너의 내일》을 쓰신 그 정문호 선생님이 맞으신가요?'

남자가 담담하게 대답했다.

─그렇소.

순간 온몸에 전율이 일었다. 얼굴을 마주 대하지 못하는 게 안타까울 정도였다.

태수는 흥분을 감추지 못한 채 휴대폰으로 인터넷 기사를 검색했다. 포털 사이트 기사에 정문호라는 이름이 여럿 보였다.

타이틀 기사의 제목은 이랬다.

'한국 장르 문학의 거목, 정문호 선생 발인.'

더불어 실시간 검색어 1위도 '소설가 정문호'였다.

기사를 읽어 보니 정문호가 사망한 병원은 한영대학교 응급실. 기사에 정문호 선생의 사진이 실려 있었다.

'세상에, 어떻게 이런 일이? 내가 그토록 존경하던 소설가 정문호 선생님의 영혼을 내가 흡수하다니.'

이제야 송현주의 대본을 보며 캐릭터를 분석할 수 있었던 것도, 어젯밤 소설을 쓸 때 유난히 글이 잘 풀렸던 것도 모두 정문호 선생의 기운 때문이었다는 걸 알 수가 있었다.

정문호 선생은 소설뿐만 아니라 시나리오 작업도 꽤 많이 한 걸로 알려졌다.

태수는 휴대폰에 나온 기사 속 정문호 선생 사진을 보며 허리를 숙였다.

'선생님, 진즉 몰라 봬서 죄송합니다. 제가 허락도 받지 않고 선생님의 영혼을 흡수한 거 너그럽게 용서해 주십시오. 저도 영능력을 얻은 지가 얼마 되지 않아 잘 몰라서 그만……'

─그건 괜찮소. 처음 영혼이 됐을 때 마음이 너무나 불안했는데 당신의 몸속으로 빨려 들어간 후 편안하고 안정이 됐으니까.

태수가 안도의 한숨을 내쉬며 말했다.

'그러셨다니 정말 마음이 놓이네요.'

정문호 선생의 영혼이 의아한 기색으로 말했다.

─근데 나에 대해 잘 아시오?

'그럼요. 선생님은 제가 제일 존경하는 분이세요. 그동안 선생님의 작품은 하나도 빼지 않고 모두 다 읽었거든요. 다들 감명 깊었고 너무 재미있었어요. 항상 선생님처럼 좋은 글을 쓸 수 있기를 얼마나 소원했는데요.'

가슴이 너무 벅찬 나머지 말이 두서없이 멋대로 튀어나왔다.

정문호 선생이 물었다.

-그럼 댁도 글을 쓰는 분이신가?

'글을 쓴다고 말하기도 부끄럽네요. 전 아직 데뷔도 못 한 습작생에 가깝고요. 비록 글은 형편없지만 글에 대한 열망만큼은 프로 작가 못지않다고 자부할 수 있습니다. 학교도 그래서 문창과를 다녔고요.'

-이것 참. 묘한 인연이군. 그럼 지금 학교는?

'아, 예. 한 학기 잠깐 다니다가 휴학했습니다.'

-어느 학교인지 물어봐도 되겠소?

태수가 머뭇거리다가 대답했다.

'드림실용예술전문대학이라고. 아마 못 들어 보셨을 겁니다.'

-아, 그 학교? 들어는 봤소.

'사실 혼자 소설 쓰다가 너무 답답해서 진학을 했는데 대학 수업이 크게 도움도 안 되고 집안 형편도 어려워서 한 학기만에 휴학했거든요.'

-음, 그랬군.

태수는 내친김에 정문호 선생에게 조심스런 부탁을 했다.

'혹시 이런 부탁을 드려도 될지 모르겠는데…….'

—육신도 없는 내가 들어줄 수 있는 부탁인지는 모르겠지만 일단 들어나 봅시다. 무슨 부탁인지.

'아, 예. 혹시…… 선생님이 저승으로 떠나기 전에 풀고 싶으신 한이나 저한테 부탁이 있으시면 말씀을 해 주십시오. 제가 풀어 드리겠습니다. 대신…….'

—혹시 내 필력을 물려받게 해 달라는 부탁이오?

예상외로 정문호 선생이 단도직입적으로 나오자 태수가 살짝 당황하며 대답했다.

'아, 예. 굳이 말하자면…… 그렇습니다. 근데 그걸 어떻게 아셨는지?'

태수가 숨을 죽인 채 정문호 선생의 대답을 기다렸다.

—음, 내가 숨을 거두기 직전 월직차사가 나타나서 그러더군. 맺힌 한이 많아서 당장 승천하기가 어렵다고.

태수가 눈을 휘둥그레 뜨고 물었다.

'워, 월직차사라면 저승사자요?'

—그렇소. 월직차사는 밤에 죽은 영혼을 데려가는 저승사자지. 월직차사가 내가 가진 필력을 보상으로 내걸면 한을 풀어 주는 사람을 찾을 수 있을 거라고 하더군.

노인의 말에 따라 영혼의 한을 풀어 주고 보상을 얻긴 했지만 그 과정에 대한 얘기를 듣는 건 처음이었다.

'세상에, 저승사자라니. 그럼 영능력을 가진 사람이 나 말고도 또 있다는 얘긴가?'

정문호 선생이 말을 이어 갔다.

─내게 시간이 얼마나 남았는지 모르겠지만 할 수 있는 한 당신을 도와주도록 하겠소. 월직차사가 말하길 필력을 전수하기 위해서는 당신이 쓴 글을 읽으면 된다고 하더군. 글을 읽으면서 부족한 점들을 생각하다 보면 저절로 내 필력이 당신에게 전수될 것이라고 했소. 다만 필력이 전해지는 정도는 당신이 가진 자질이나 노력 여하에 따라 다르다고 했소.

'제가 최대한 노력하겠습니다, 선생님. 정말 감사합니다.'

태수는 휴대폰 속의 정문호 선생 사진을 보며 연거푸 허리를 꺾었다.

순간 너무 많은 감정들이 벅차올라서 눈시울이 뜨거워졌고 흥분으로 심장이 터질 것만 같았다.

그동안 글의 문제점이 뭔지도 모른 채 무턱대고 쓰기만 했다. 용기를 내서 명호한테 감상을 부탁했다가 수모만 당하고.

학교 교수들에게 원고를 가지고 찾아가면 뜬구름 잡는 얘기나 하고 출판사에 투고도 해 봤지만 돌아오는 답변은 늘 한결같았다.

언제나 글이 산만하고 하고자 하는 얘기가 뭔지 모르겠다는 짧은 답변과, 자신들의 방향과 맞지 않는다는 상투적인 거절.

인터넷 연재 사이트에도 몇 번 글을 올렸지만 독자 반응도 거의 없었다.

어디서부터 어떻게 잘못됐는지 알아야만 고칠 텐데, 고구마를 삼킨 것처럼 답답한 나날이 이어졌던 것이다.

정문호 선생은 한강대학교 문창과 교수로 재직하며 수많은 제자를 양성해서 배출한 인물이다.

한강대학교는 S대와 함께 최고의 명문이니 그야말로 최고의 선생님을 만난 셈.

'선생님, 부족하지만 절 선생님의 제자로 생각해 주시고 편하게 말을 놓아 주시면 소원이 없겠습니다.'

정문호 선생이 웃는 목소리로 말했다.

─그래. 알겠네. 나 역시 곧 황천길로 떠나는 마당에 한 가지라도 보람된 일을 할 수 있다면 좋은 일이지.

'정말 감사합니다, 선생님.'

정말 아무리 감사의 마음을 전해도 부족하게 느껴질 정도였다.

'그럼 먼저 선생님 마음의 한이 무엇인지 제게 말씀을 해 주시면……'

─그건 우리 천천히 얘기하도록 하세.

'예?'

─나도 마음의 준비가 좀 필요하니까 말이야.

'아, 예. 알겠습니다.'

─그럼 말 나온 김에 자네 글이나 한번 봐 볼까?

태수는 후다닥 옥탑방으로 들어가서 컴퓨터부터 부팅시켰
다.

우우우웅.

컴퓨터가 부팅되는 동안 자꾸만 침이 말랐다.

한국 장르 문학의 거장 정문호 선생이 글을 봐준다는 생각
을 하니 정신이 다 아득해질 지경이었다.

예전에 신문에서 정문호 선생에 대한 학생들의 인터뷰 기
사를 본 기억이 있다.

정문호 교수가 과제를 내고 평가하는 날은 학생들에게 지
옥이 시작된다는 기사. 그만큼 글을 보는 시선이 엄격하고
깐깐하다고 정평이 난 사람이다.

그런 엄격함 덕분에 선생 밑에서 글을 공부한 수많은 제자
들이 지금 한국 문단의 주류를 차지하고 있기도 하고.

슬쩍 곁눈질로 보니 정문호 선생이 말없이 모니터 화면을
주시하고 있었다.

혹시라도 선생님이 글에 재능이 없으니 이쯤에서 그만두
라고 하면 어떡하나 걱정이 됐다.

소설을 쓸 때는 꽤 재미있다고 스스로 자신을 했는데, 지
금은 자꾸만 자신감이 사라졌다.

선생한테 보여 줄 소설은 명호에게도 보내 줬었던 미스터

리 소설 ≪비가 오면≫.

≪비가 오면≫은 기억을 잃은 한 남자가 잃어버린 자신의 기억을 찾아가는 과정의 이야기다.

남자는 아내를 끔찍하게 사랑하지만 그 기억에 오류가 있다는 의심을 품게 된다. 왜냐하면 아내가 자신을 살해하려 했다는 기억이 자꾸만 떠올랐기 때문이다.

남자는 끊임없이 자신의 기억에 혼란을 느끼지만 결국 진실을 알지 못한 채 소설은 끝난다.

말하자면 열린 결말.

마우스를 움직여서 화면에 원고를 띄우고 보니 곤란한 일이 생겼다.

정문호 선생은 영혼이다 보니 마우스를 조작해서 페이지를 넘기는 게 불가능하다는 것. 그렇다고 자신이 일일이 페이지를 넘겨줄 수도 없고.

'선생님, 선생님이 제 몸을 한번 움직여 보시겠습니까?'

어차피 육신 안에 들어 있는 영혼이니 가능하지 않을까.

마우스만 움직이면 되니까 결코 어려운 동작은 아니다.

-한번 해 보겠네.

태수가 몸에서 힘을 빼고 손을 마우스 위에 올려놨다. 몸 안에서 정문호 선생의 존재가 느껴졌다.

태수의 팔이 천천히 마우스를 움직였다. 마우스를 움직인 의지가 자신인지 정문호 선생인지 분간이 되지 않을 정도로 자연스러운 움직임이었다.

정문호 선생이 차분하게 소설을 읽어 내려갔다.

신기한 건 선생이 어느 부분을 흥미롭게 보고 어느 부분을 아쉽게 읽는지, 그 감정을 어렴풋이 느낄 수 있다는 것.

사실 그것만으로도 엄청난 공부가 됐다.

그렇게 얼마의 시간이 흘렀을까.

글을 다 읽은 선생이 생각을 정리하려는 듯 잠시 눈을 감았다가 떴다.

마침내 입을 연 정문호 선생의 첫마디는 이랬다.

-작가는 독자를 가득 태우고 바다를 운항하는 배의 선장이네. 근데 배의 선장인 작가가 목적지를 몰라 갈팡질팡한다면 독자들은 그 배에서 내릴 수밖에 없겠지.

소설의 문제점을 구구절절이 얘기하지 않고도 귀에 쏙 들어오게 만드는 비유와 조언. 한마디로 소설이 말하고자 하는 주제가 명확히 드러나지 않았다는 것.

늘 출판사에서 듣던 얘기지만 정문호 선생이 지적을 하자 왠지 모르게 머리에 각인이 되는 느낌이었다.

정문호 선생이 말을 이어 갔다.

-그리고 미스터리 소설로 보기에는 이야기 구성이 너무 단순해. 단순한 구성을 주인공의 심리묘사로만 이야기를 채우려고 하니 추리하는 맛이 없는 거야.

선생의 평을 들으니 비로소 문제점이 뭔지 명확하게 와닿았다.

미스터리한 사건을 만드는 건 어렵지만 주인공의 심리묘사로 이야기를 이끄는 건 상대적으로 편한 측면이 있다.

그렇다 보니 저도 모르게 심리묘사 위주로 글을 쓴 것이다.

'이제야 글의 문제점이 뭔지 알 것 같습니다. 이번 글은 다 갈아엎고 새로운 글을 써서 다시 보여 드리겠습니다.'

－아니, 갈아엎을 정도의 글은 아니네.

'예?'

－필력이 좀 아쉽긴 하지만 소재나 아이디어 자체는 나쁘지가 않아. 글의 단점을 잘 보완해서 수정하면 괜찮은 작품으로 탄생할 수도 있을 것 같군.

'그, 그게 정말입니까?'

정문호 선생의 말에 불쑥 용기가 솟구쳤다.

'이거 그렇게 나쁜 평가는 아닌 것 같은데?'

인터뷰 기사에서도 읽은 것처럼 정문호 선생은 문창과 학생들의 글을 혹평하기로 유명하다. 그야말로 칼날처럼 날카로운 평가로 문청들의 가슴에 견디기 힘든 좌절을 심어 주곤했다. 근데 수정을 해 보라는 소리는 오히려 가능성이 있다는 소리가 아닌가.

정문호 선생이 신중하게 말했다.

－내가 글을 대신 써 줄 수는 없는 일이고. 내가 말한 문제점

을 염두에 두고 자네가 다시 한번 글을 분석해 보게. 그럼 이전에는 보이지 않던 것들이 보일 것이네.

'예, 알겠습니다.'

태수가 힘차게 대답하고는 즉시 책상에 앉아 모니터를 바라봤다. 잘못된 방향으로 흐르면 언제든 조언해 줄 수 있는 선생님이 자신의 안에 있다는 사실만으로도 마음이 든든했다.

소설을 다시 읽으며 집중을 하는데 이상한 일이 벌어졌다.

'이게 무슨 일이지?'

몇 줄 읽지도 않았는데 그동안 보이지 않던 글의 문제점들이 무수하게 보이기 시작했던 것이다.

문장과 문장, 문단과 문단이 호응하는 관계들이 분석적으로 보였다.

독자의 시각으로 어느 지점에서 긴장을 주고 이완을 하도록 해야 하는지도 알 수가 있었다.

이전에는 숲에서 나무만 봤다면 지금은 높은 하늘에서 전체 숲을 내려다보는 느낌이랄까.

작가가 자신의 글을 독자의 입장에서 객관적으로 볼 수 있다는 것보다 더한 축복이 어디에 있을까.

지금 이 순간에도 정문호 선생이 마음을 열고 필력을 자신에게 전수하고 있다는 걸 분명하게 느낄 수가 있었다.

태수는 머릿속 정문호 선생의 존재조차 잊은 채 글에 몰두했다. 스스로 문제점을 알아 가면서 글을 분석할 수가 있었다.

"미스터리치고는 사건이 너무 단순해. 촘촘한 미스터리가 되려면 지금보다 사건이 훨씬 많아야 해. 그래야만 독자가 추리하는 맛이 날 테니까. 게다가 열린 결말로 잡은 구성은 너무 안일했고."

문제점을 파악하자마자 머릿속에 새로운 아이디어와 해결책이 샘솟듯 떠올랐다.

새로운 아이디어와 해결책으로 수정하기만 하면 정말 재미있는 글이 될 것 같다는 확신이 들자 너무 흥분이 되고 신이 났다.

"가만, 기억을 잃은 남자를 다중 인격을 가진 남자로 설정을 바꾸면 어떨까? 그래서 갑자기 떠오르는 이상한 기억들이 잘못된 기억이 아니라 자신도 모르는 또 다른 인격의 기억이라고 설정한다면?"

남자 주인공을 다중 인격으로 바꾸는 건 현재 글의 약점을 보완하고 몰입을 높일 수 있는 상당히 좋은 아이디어였다.

주인공을 다중 인격자로 설정하는 순간, 단순하던 구성이 복잡한 미스터리 구조로 변했다.

"만약 주인공의 내면에 A와 B라는 두 개의 인격이 있다고 쳐. 어느 날 잠들어 있던 B라는 인격이 눈을 뜬 거야. B는 비가 오는 날만 나타나는 주인공의 두 번째 인격이야. 근데 이 두 번째 인격인 B는 몹시 폭력적인 인격이야."

태수는 설정과 아이디어를 노트에 급히 메모를 하면서 구성을 잡아 나갔다.

"A의 아내는 어느 날 B가 자신의 남편과 모습은 똑같지만 다른 인격이라는 사실을 깨닫게 되면서 공포에 사로잡히고 생각지도 못한 사건들이 벌어지는 거야."

그야말로 잘 짜인 미스터리의 전형이었다.

이전의 구성은 구성이 너무 단순해서 사건을 만들려고 해도 쉽지가 않았고 전개도 답답했다. 근데 구성을 바꾸자 재미있는 아이디어들이 저절로 머릿속에서 계속 떠올랐다.

태수는 즉석에서 글을 수정하기 시작했다.

정문호는 글을 수정하는 태수를 흥미롭게 지켜보며 자신의 생각을 계속 전달했다.

짧은 시간에 태수의 문장과 문체가 완전히 달라졌다.

《비가 오면》의 문장과 문체는 거칠고 투박했는데 지금은 상당히 정제되어 있었다. 게다가 그 문장과 문체가 자신의 것과 놀라울 정도로 닮아 갔다.

마치 다른 사람이 쓰는 자신의 글을 보는 기분이었다.

아직은 자신이 쓴 글처럼 매끄럽진 않았지만 30여 년 전 처음 소설을 쓰기 시작했던 자신의 젊은 시절을 떠올리게 만들었다.

퇴마하는
톱스타

삐삐삐삐.

휴대폰 알람소리에 번쩍 눈을 떴다. 이상하게 날이 어두웠다.

"헉, 지금이 몇 시야?"

휴대폰을 들여다보니 저녁 8시다.

전날부터 미친 듯이 글만 쓰다가 날이 거의 밝아서야 잠이 들었다.

"그럼 몇 시간을 쓴 거야? 헐, 거의 30시간이 넘는 시간을 먹지도 쉬지도 않고 쓴 거네."

자신이 생각해도 믿기지 않았다.

"진짜 미쳤네, 미쳤어. 신이 들렸다는 게 바로 이런 기분이겠네."

침대에 앉아 양손으로 마른세수를 하고는 일어났다. 미니 냉장고 문을 열고 생수병을 꺼냈다.

꿀꺽…… 꿀꺽…… 꿀꺽.

생수 한 병을 단번에 마시고는.

끄억

트림을 하고선 천천히 목을 비틀었다.

우두둑 하고 뼈가 어긋나는 소리가 났고 비로소 어깨도 뻐근하게 저려 왔다.

지금까지 살면서 이렇게 오랫동안 뭔가에 몰입했던 적이 있던가.

　말로 표현할 수 없을 정도로 기분이 좋았다. 늘 쪼그라들어 있던 심장이 빵빵하게 부풀었고 알 수 없는 자신감이 충만했다.

　'참, 선생님은 뭘 하고 계시나?'

　이런 식으로만 배워 나가면 틀림없이 좋은 작가가 될 자신이 있었다.

　'선생님, 정문호 선생님, 거기 안에 계세요?'

　근데 정문호 선생의 기척이 느껴지지 않았다.

　'어? 혹시 몸속에서 빠져나가셨나?'

　하긴 이젠 완전한 영혼이 되셨으니 자유롭게 돌아다닐 수가 있을 것 같았다.

　'가족이 보고 싶어서 집을 찾아가셨나? 으으, 배고파.'

　하루가 넘도록 아무것도 먹지 않은 탓에 갑자기 허기가 몰려왔다.

　역시나 먼저 떠오르는 건 라면.

　양은 냄비에 물을 올리고 전자레인지에 햇반도 두 개를 데웠다.

　'띵.'

　데워진 햇반과 양은 냄비 속에서 보글보글 맛있게 끓고 있는 라면을 들고 책상으로 갔다.

라면을 먹으면서 지난 이틀 동안 쓴 소설들을 훑어볼 작정이었다.

쓸 때는 좋았는데 워낙 몰입해서 쓰느라 제대로 쓴 건지 살짝 불안감이 들었던 것이다.

'어디 보자. 쓸 때는 꽤 재밌었던 것 같은데.'

바탕화면에 있는 파일을 열었다.

후루루룩.

눈은 모니터를 향한 채 라면 면발을 입으로 흡입했다.

라면을 우물거리며 소설을 읽기 시작했다.

어느 순간부터 젓가락질이 점점 느려지다가 급기야는 완전히 멎었다.

태수는 젓가락을 들고 얼어붙은 것처럼 소설을 읽어 내려갔다.

늘 글이 산만하고 뭘 말하려는 건지 모르겠다는 지적을 받았다. 그 말은 곧 몰입감이 전혀 없다는 얘기였다.

근데 지금 모니터에 떠 있는 글은 자신이 쓴 글이라는 게 믿어지지 않을 정도로 몰입감이 엄청났다.

남자의 내면에서 다중 인격이 깨어나는 20페이지 이후부터는 그냥 혹하고 단번에 이야기 속으로 빠져 들어갔다. 자신이 쓴 글을 읽으면서도 연신 탄성이 흘러나왔다.

'이게 정말 내가 쓴 글이란 말인가?'

군더더기 하나 없는 문장과 매끈한 문체들. 다음 내용이 궁금해서 눈으로 읽는 속도가 느리게 느껴질 정도로 호기심을 자극하는 이야기 구조.

라면이 퉁퉁 부는 것도 모른 채 단행본 한 권 분량의 소설을 순식간에 읽어 내려갔다.

복선과 뿌려 놓은 떡밥을 모두 회수하며 완벽하게 마무리한 엔딩에 이르러서는 자신이 쓴 글이지만 감동이 올라올 정도였다.

이 정도면 웬만한 국내 유명 작가의 작품과 견주어도 결코 떨어지지 않을 완성도다.

태수가 비명처럼 혼잣말을 중얼거렸다.

"말도 안 돼! 이걸 정말 내가 썼다고?"

믿어지지 않지만 돌이켜 보면 단어 하나, 문장 한 줄까지 자신이 쓴 게 기억이 났다.

"아무리 선생님이 기운을 줬다고 해도 필력이 이렇게 갑자기 일취월장하다니."

잠시 넋이 나가 있던 태수는 이내 정신을 차리고 그 자리에서 다시 소설을 읽기 시작했다.

두 번째로 정독하며 읽기 시작하자 이전에는 글에 빠져 읽느라 몰랐던 부분들이 하나둘 보이기 시작했다.

글을 읽으면 읽을수록 어디선가 본 것 같은 문장과 문체.

'뭐지? 이 기시감은?'

가만히 화면을 노려보던 태수가 저도 모르게 자리에서 벌

떡 일어났다.

　태수는 옥탑방 한쪽 구석에 아무렇게나 쌓아 놓은 책 더미 앞으로 가서 주저앉았다.

　책들 중에서 정문호 선생의 소설 몇 권을 집어 들고 자리로 돌아왔다.

　소설을 펼치고 모니터 속 글들과 비교했다.

　당연히 스토리는 다르다.

　정문호 선생의 소설 네 권을 모두 비교한 후 침음이 흘러나왔다.

　자신이 쓴 소설의 문장과 문체가 마치 필사라도 한 것처럼 정문호 선생의 것과 완벽하게 닮아 있었던 것이다.

　그뿐만이 아니다.

　이야기를 풀어 가는 방식이나 미스터리적인 구성의 기법까지도 선생님의 스타일과 판박이처럼 똑같았다.

　만약 전문가가 이 소설을 읽는다면 당연히 정문호 선생의 작품이라고 생각할 것 같았다.

　막연하게 기대는 하고 있었지만 이 정도로 완벽하게 정문호 선생의 구성력과 필력을 전수받게 될 줄은 꿈에도 몰랐다.

　'말도 안 돼. 내가 한국 장르 문학의 거장 정문호 선생님의 문장과 문체를 그대로 전수받다니.'

　앞으로 자신이 이런 필력으로 다른 글도 쓸 수 있다고 상상하는 것만으로도 전율이 일고 흥분이 됐다.

태수는 정문호 선생이 이 소설을 어떻게 읽고 어떻게 생각할지 의견이 너무도 궁금했다.

"근데 선생님은 대체 어딜 가신 거야?"

태수는 초조한 마음에 옥상으로 나가 심호흡을 했다.

그런 태수의 뒤쪽에서 서늘하게 한기가 느껴졌다.

뒤를 돌아보자 흐릿하게 정문호 선생의 영체가 나타나고 있었다.

처음으로 정문호 선생의 영혼을 눈앞에서 마주 대하는 순간이었다.

"선생님!"

다음 권으로 이어집니다

악가의 무신

서준백 신무협 장편소설

『빙의검신』의 작가 '서준백'
그가 써 내려가는 진정한 협의 기치!

정파의 거두 태양무신이 목숨을 바쳐 지켜 낸 강호
하지만 그가 남긴 유산들로 인해
무림은 다시금 혼란에 빠지는데……

태양무신의 유산을 완성하는 자,
천하를 오시하리라.

혈란이 종결되고 17년 후,
신의가 사라진 무림 한구석

"……망할 개잡놈들!"

태양무신 천휘성,
산동악가의 장손 악운으로 눈뜨다!

태양무신의 유산을 회수하여
야망에 물든 자들의 시대를 끝장내라!

꿈의 도약, 로크에서 하십시오
(주)로크미디어에서 신인 작가를 모십니다

즐거운 세상, 로크미디어는 꿈을 사랑하고 도전을 두려워하지 않는 작가 분들의 참신한 작품을 기다리고 있습니다. 21세기 장르 문학계를 이끌어 갈 차세대 선두 주자 (주)로크미디어에서 여러분의 나래를 활짝 펴 보시길 바랍니다.

모집 분야 판타지와 무협을 포함한 장르 문학
모집 대상 아마추어 작가, 인터넷 작가
모집 기한 수시 모집
   작품 접수 시 유의 사항
   1. 파일명은 작가명_작품명.hwp형식을 갖춰 주십시오.
   1. 파일에 들어갈 내용은 다음과 같습니다.
      ─ 성명(필명인 경우 실명을 밝혀 주세요), 연락처, 이메일 주소
      ─ 제목, 기획 의도
      ─ A4용지 1장 분량의 등장인물 소개
      ─ A4용지 2장 분량의 전체 줄거리
      ─ 본문
   1. 작품이 인터넷에 연재되고 있다면, 게시판명과 사이트의 구체적이고 정확한 주소를 기재해 주십시오.

선택된 작품은 정식 계약 후 출판물로 간행되어 전국 서점에 유통됩니다.
작가 분은 (주)로크미디어의 전폭적인 지원하에 전속 작가로 활동하시게 됩니다.
※ 자세한 내용은 로크미디어 홈페이지(rokmedia.com)를 참조하세요.

(04167)서울시 마포구 마포대로 45 일진빌딩 6층
(주)로크미디어 편집부 신간 기획 담당자 앞
전화 : 02) 3273-5135
www.rokmedia.com   이메일 : rokmedia@empas.com

우리 교황님 좀 말려 주세요

판미손 퓨전 판타지 장편소설

비정상 교황님의
듣도 보도 못한 전도(물리) 프로젝트!

이세계의 신에게 강제로 납치(?)당한 김시우
차원 '에덴'에서 10년간 온갖 고생은 다 하고
겨우 교황이 되어 고향으로 귀환했건만……

경고! 90일 이내 목표 신도 숫자를 달성하지 못할 시
당신의 시스템이 초기화됩니다!

퀘스트를 달성하지 못하면 능력치가 도로 0이 된다고?
그 개고생, 두 번은 못 하지!

"좋은 말씀 전하러 왔습니다, 형제님^^"

※주의※ 사이비 아닙니다, 오해하지 마세요!

망한 가문의 검술 천재가 되었다

소구장 퓨전 판타지 장편소설

역사에서도 잊힌 비운의 검술 천재
최강의 꼰대력으로 무장한 채
후손의 몸으로 깨어나다!

만년 2위 검사 루크 슈넬덴
세계를 위협하던 마룡을 물리치며
정점에 이른 순간

이대로 그냥 죽어 다오, 나를 위해서.

라이벌인 멀빈 코넬리오에게 목숨을 잃……
……은 줄 알았는데,
200년 후의 몰락한 슈넬덴가에서 눈뜨다!
가족이라고는 무기력한 가주, 망나니 1공자뿐
망해 버린 가문을 살리기 위해
까마득한 조상님이 팔을 걷었다!

설풍 같은 검술, 그보다 매서운 독설로
슈넬덴가를 정점으로 이끌어라!